Gil Barkei wurde 1983 in Berlin geboren. Er hat Politikwissenschaft in Marburg, Budapest und Potsdam studiert. Nach mehreren Jobs als Headhunter, Ticketverkäufer, Garderobier, Security-Mitarbeiter, Redaktionsassistent und Gastronom arbeitet er mittlerweile als Journalist. 2016 erschien sein Debütroman „Die größere Insel".

Gil Barkei

Heimatnovelle

Bibliografische Information der Deutschen Nationalbibliothek:
Die Deutsche Nationalbibliothek verzeichnet diese
Publikation in der Deutschen Nationalbibliografie;
detaillierte bibliografische Daten sind im Internet
über http://dnb.dnb.de abrufbar.

© 2021 Gil Barkei
Herstellung und Verlag:
BoD – Books on Demand, Norderstedt
ISBN: 978-3-7557-1308-1

Für meine Eltern und Großeltern

I

Rechts hinter der Standspur rauschten die Bäume wie ein Meer aus Holz vorbei. Links jenseits der Gegenfahrbahn konnte Leon die Landschaft in Ruhe überblicken, gelb blühende Felder, Raps oder Sonnenblumen, daneben ordentlich aneinandergereihte bräunliche Äcker, deren symmetrische Furchen sich wie ein hypnotisches Muster zu bewegen schienen. Dahinter erhob sich leuchtend ein grüner Wiesenhügel, obenauf ein kleines Dorf mit hell schimmernden Fassaden und roten Spitzdächern. Aus der Mitte ragte ein anthrazit glänzender Kirchturm, der so filigran spitz zulief, dass man sein Ende im blaugrauen Horizont nur vermuten konnte.

Leon war schon in halb Europa über die jeweiligen Autobahnen gefahren und hatte dabei auf die durchquerte Natur geachtet: Frankreich, England, Italien, Ungarn, Spanien, Polen, Benelux. Wahrscheinlich lag es daran, dass er die meiste Autobahnerfahrung in Deutschland gesammelt hatte, aber die deutschen Landschaften und Naturbilder hatten für ihn etwas Unverwechselbares, nicht nur in ihrer äußeren Erscheinung, sondern in ihrem Geruch, in ihrer Ausstrahlung. Jedes Mal, wenn er und seine Eltern früher aus dem Urlaub kamen, egal aus welchem Land, und über die Grenze fuhren, hatte er das Gefühl, spüren zu können, jetzt wieder zu Hause in Deutschland zu sein. Es war so, als wirkten die Moleküle wie eine unsichtbare Kettenreaktion zusammen und lösten eine Art biochemische Stimmung aus, die selbst bei geschlossenen Augen eintrat.

Nicht nur die einzelnen Staaten, auch die Bundesländer unterschieden sich in ihrer Wirkung auf den sie Durchquerenden. Während der Teilung und in den ersten Wendejahren waren diese wegen der Reifenakustik auf den verschiedenen Straßenbelägen leicht auseinanderzuhalten. Die DDR mit ihren verlegten Fahrbahnplatten hörte sich einfach anders an als Nordrhein-Westfalen, wohin sie von West-Berlin aus mindestens alle drei Monate zu den Großeltern fuhren. An dem dumpfen bis grellen Ratschen und Rattern, das in geringen bis großen Abständen teilweise das gesamte Auto erschüttern ließ, konnte Leon erkennen, wann Brandenburg anfing und Sachsen-Anhalt endete. Und er konnte die Geschwindigkeit abschätzen. Über 120 Stundenkilometer waren sie schnell, wenn zwischen den überfahrenen Kanten so gut wie keine Pausen mehr feststellbar waren und das Geräusch fast monoton erklang. Halten die Reifen das aus oder knallt es gleich wieder wie in einem ihrer Frankreichurlaube, als sich schwarze Gummifetzen plötzlich Richtung Seitenstreifen verabschiedeten? Immerhin bedeutete Tempo 120 plus 10 oder 20 Stundenkilometer – je nach Beladung – maximale Geschwindigkeit für den mattgelben Strich-Achter-Mercedes seiner Eltern, die damals noch zusammen waren, während der Fahrten jedoch ständig stritten. Über die zu vielen Geschenke für die ohnehin zu verwöhnten Verwandten, wie sein Vater fand, und über die gefühlskalte Beziehungsuntauglichkeit des Vaters, wie Leons Mutter fand, die so Sachen sagte wie: »Du bist bloß sauer, weil du nicht mit deinen Jungs nach Bali fliegen kannst. Aber so sieht Familienleben aus. Das hättest du dir vorher überlegen sollen.«

Leon unterteilte die Strecke nach Westdeutschland in Abschnitte, die sich an bestimmten Bauten orientierten; auch um sich von diesen Zoffereien abzukapseln. Bevor er einen Walkman bekam, mit dem er in solchen Situationen „Benjamin Blümchen", „Babar", „Bibi Blocksberg", „TKKG" oder „Die drei ???" hörte, lag es an seiner mit Beobachtungen gespeisten Phantasie, eine innere Kassette zusammenzustellen, die bis auf die Bodenplattenerschütterungen alles um ihn herum überspielte. In Berlin ging es stets am damals leuchtend, mittlerweile ausgeblichen roten Kontrollpunkt Dreilinden los. Der wahre Grenzpunkt für ihn, an dem „sein Berlin" endete, war allerdings das Denkmal eines Panzers, der von einem Betonsockel aus über den Transitverkehr wachte.

Ein blassrosa Bagger hatte das Kriegsgefährt nach der Wiedervereinigung ersetzt. Da konnte man erahnen, wo die Reise im neuen Deutschland hingeht, dachte sich Leon fast jedes Mal beim Vorbeifahren – auch jetzt, knapp 30 Jahre später. Nur saß jetzt nicht sein Vater am Steuer, sondern Rainer, der neue Mann seiner Mutter. Die Stirn gegen die Scheibe der hinteren linken Autotür gelehnt, verfolgte Leon die schwebend ruhigen Jagdschleifen eines Greifvogels über den Feldern. Hoffentlich bauen die Deppen da nicht bald ein Windrad hin, dessen Rotorblätter den armen Vogel schreddern, schoss es ihm durch den Kopf. Ist das ein Falke oder ein Bussard, überlegte Leon. Töten die mit den Krallen oder mit dem scharfen gebogenen Schnabel? Und welche Methode führt wohl schneller zum Tod? So wie die böse Überraschung gleich auf eine kleine ahnungslose Maus herabstürzen würde, so plötzlich war auch alles auf Leon eingeprasselt. Gestern der Anruf seiner Mutter, der Oma ginge es nicht gut. Der Arzt und der ambulante Pflegedienst hatten in Rücksprache die Verlegung in ein Altenheim organisiert. Früh am Morgen standen seine Mutter und sein Stiefvater mit dessen Benz – nun ein dunkelblauer – vor Leons Wohnung.

Gerade passierten sie eine der vielen Baustellen auf der A2, die sich seit Jahrzehnten in Dauerreparatur oder Erweiterung befand, als Leon die alten Flutlichtmasten und Kontrolltürme des ehemaligen Grenzübergangs Helmstedt/Marienborn erkannte. Als Kleinkind war er sogar kurzzeitig bei seinen Großeltern offiziell gemeldet, um als „richtiger" Westbürger dieses unsichere Konstrukt West-Berlin verlassen zu dürfen, falls die Russen wieder die Stadt blockierten. Das war die größte Angst seiner Oma, die einmal, als sie ein Medikament nicht vertrug, im Nachthemd vom Balkon im ersten Stock gesprungen war, weil sie geträumt hatte, die Rote Armee stoße gerade nach Westen vor und stehe kurz vor ihrer Stadt und ihrem Wohnhaus. Bis auf ein paar Kratzer durch die Rosen im Blumenbeet unter dem Balkon hatte sie sich glücklicherweise nicht verletzt.

»Deine Oma ist so zäh und fit, die wird 100«, hatten ständig alle Nachbarn und Verwandten gesagt, wenn sie sahen, wie die kleine Frau mit weit über 80 durch den

Haushalt wirbelte und mühsam die Grasnaht zum Gehweg per Hand säuberte, so dass ihr Gesicht von der gebückten Haltung ganz rot war, sie aber glücklich lächelte. Die 100 hatte sie erreicht und sogar ein bisschen draufgepackt, doch für welchen Preis? Der Tod von Leons Großvater, die Trauer und nun also eine erneute hartnäckige Attacke des seit Jahren lauernden Sensenmanns. Leon wollte es immer noch nicht wahrhaben. Für ihn würden »Omma und Oppa« per seiner Definition immer 75 Jahre alt bleiben und ihn gleich wie bei allen Besuchen umarmen, so dass er endlich in geregelten Verhältnissen war, fern des ganzen Wahnsinns in Berlin.

Seine Mutter, Rainer und er fuhren direkt an den riesigen Freiflächen und Abfertigungsstellen Marienborns vorbei. Stunden mussten sie früher dort in den langen Autoschlangen warten und Leon verstand zunächst überhaupt nicht, warum Deutsche Deutsche kontrollierten. Auf dem Weg nach Frankreich machte das Sinn, aber bei diesem, wie er fand ziemlich blöden und langweiligen Spiel an der innerdeutschen Grenze sprachen ja alle die gleiche Sprache. Das einzig Spannende für Leon war das Prozedere der Unterbodenkontrolle mit den kleinen Spiegeln, die die Grenzer an langen Stangen unter die Autos hielten. Immer wenn Leon Selfiesticks in Aktion sieht, muss er an diese Spiegel denken. Wenn die grimmigen Polizisten »vor lauter Neid auf den Mercedes«, wie sein Vater sagte, aber mal wieder verlangten, die ganze Karre leerzuräumen, war auch diese „Geheimagentenmission", wie

Leon das Passieren der Grenze nach seinem ersten 007-Film taufte, nicht mehr lustig.

Besser fand er dagegen das „Schaffnerspiel" bei den Zugfahrten nach Ostwestfalen. An der DDR-Grenze kamen die Grenzschützer mit ihren Büro-Bauchläden in die Waggons und kontrollierten die Pässe. Leons Kinderausweis, der heute neben seinem Schreibtisch hängt, war nach wenigen Jahren chaotisch bunt von den ganzen Stempeln. Diese Koffer, die man vor dem Oberkörper ausklappen konnte, fand Leon derart faszinierend, dass sein Vater ihm ein Kontrolleurkostüm schenken und aus einem kleinen Plastikköfferchen einen Umschnallschreibtisch basteln musste, samt Stempel mit individuell einstellbarem Datum. Zu Hause in West-Berlin stürmte er dann durch die große Altbauwohnung und spielte DDR-Grenzer.

Nun sausten sie einfach innerhalb weniger Sekunden an diesem alten wegrostenden „Eisernen Vorhang" vorbei, von dem scheinbar lediglich lästige Erinnerungen ans Schlangestehen übrig geblieben waren, vor den Geschäften oder eben an den Grenzübergängen, so als ob es nichts Wichtigeres und Schlimmeres gegeben hatte, das es galt aufzuarbeiten.

»Wie hast du das denn auf Arbeit geklärt, dass du kurzfristig weg konntest?« fragte Leons Mutter plötzlich, sich leicht nach hinten neigend. Und eigentlich hatte sie ja recht, es war mitten in der Woche, aus ihrer Sicht müssten normale Menschen arbeiten.

»Das war alles kein Problem«, antwortete Leon und verzichtete demonstrativ auf genauere Erläuterungen.

Er hatte keine Lust, zum bestimmt fünften Mal zu erklären, dass er bei dem Fernsehsender, für den er seit fast zwei Jahren als redaktionelle Hilfskraft arbeitete, nur auf Stundenbasis angestellt war, und es sich in den vergangenen Monaten leider so eingependelt hatte, dass er größtenteils auf spontanen Zuruf oder besser Anruf eingesetzt wurde: Das Kamerateam triffst du vor Ort, schöne bunte Bilder und knackige O-Töne wären Klasse. Die Kollegin, die dazu einen Beitrag macht, meldet sich aus dem Schnitt bei dir.

Wenn es seine Mutter wirklich interessieren würde, hätte sie sich das alles bei seinem ersten Bericht, wie es um die Karriere des Nachwuchses bestellt war, gemerkt.

»Und wie läuft es sonst auf Arbeit?« fragte seine Mutter, während Rainer am Autoradio herumtippte, auf der Suche nach den aktuellsten Verkehrsmeldungen.

»Ach, ganz gut«, seufzte Leon, »es bleibt zu wenig Geld hängen, aber mehr Gehalt kann sich wohl jeder vorstellen.«

Auch dass er am Existenzminimum und gar nicht direkt für den Sender, sondern offiziell für deren Tochter-Produktionsfirma arbeitete, hatte er schon häufig ausführlich dargelegt. Das bedeutete keine garantierten Stunden im Monat. Wurde er für Drehdienste eingeteilt, verdiente er Geld, wenn nicht, gab es eben keins. Und wenn er jetzt einen Anruf bekäme, würde er die Anfrage aus gesundheitlichen Gründen einfach nicht annehmen. Der Umstand, dass er in den bevorstehenden Tagen wahrscheinlich nicht viel für Lebensmittel ausgeben müsste, könnte seine finanziellen Einbußen ausgleichen. Peinlich berührt, den verschlechterten Gesundheitszustand seiner Großmutter an ein Sparprogramm zu knüpfen und wohlwissend, dass seine Mutter diesen Smalltalk in der gut gemeinten Hoffnung führte, ein wenig von der gedämpften Stimmung abzulenken, holte Leon doch ein wenig weiter aus.

»Die Aufgaben sind abwechslungsreich«, erzählte er nach vorne gewandt, »letztes Wochenende musste ich von einer Fraktionsveranstaltung im Reichstag schnell zu einer Schießerei auf einem Sportplatz im Wedding und habe dort versucht, Zeugen und Anwohner vor die Kamera zu bekommen. Das war ein interessantes Kontrastprogramm.«

»Das hört sich spannend an«, sagte seine Mutter anerkennend mit einer Art mitschwingender Zufriedenheit darüber, was aus dem Sohnemann geworden war. Das Wort Schießerei hatte sie entweder über- oder gar nicht gehört. Für sie arbeitete Leon schlicht beim Fernsehen, und das hatte ja was von Bekanntheit, Filmbranche und Thomas Gottschalk, und das könne doch gar nicht schlecht bezahlt sein. Dass Leon bei dem Dreh im Wedding drei Stunden einen geheimnisvollen Platzwart im Regen gesucht und sich auf gut Glück durch mehrere abgerockte Hauseingänge geklingelt hatte, und dafür nicht einmal 35 Euro bekommen würde, realisierte sie nicht. Auch Leon verdrängte es so oft es ging. Mit einem Master in European Studies in der Tasche waren das keine Hintergrunddetails zum Angeben. Ein knappes »Ich arbeite beim Fernsehen und interviewe Personen aus Politik und Gesellschaft« hörte sich in der Tat besser an.

Ein überraschendes lautes Tuten aus den Boxen und die folgende Nachricht eines sie in wenigen Kilometern erwartenden Staus beendete das kurze Familiengespräch und Leon nutzte die Gelegenheit, um sein iPhone herauszuholen und die Netflix-App zu starten. Schon als kleiner Junge hatte er sich auf längeren Strecken mit den Kopfhörern im Ohr auf der Rückbank gemütlich ausgebreitet. Einen Kindersitz hatte er nie. Das sei was für Helikoptereltern, hatte sein Vater süffisant gesagt. Wenn seine Eltern allerdings Musik anmachten, was sie komischerweise heute nicht mehr taten, packte Leon seine Kopfhörer beiseite zu dem wildverstreuten Spielzeug und sie hörten zusammen Musik; nach der Trennung seiner Eltern mit seinem Vater meistens Rock und mit seiner Mutter Chansons.

Leon konnte sich gut an die erste Fahrt in die neue eigene Wohnung des Vaters erinnern. Dieser hatte ihn in seinem gebrauchten weißen Ford abgeholt, um Leon sein »zweites Zuhause für die Männerwochenenden« zu zeigen. Sie fuhren über die Berliner Stadtautobahn gerade am innerstädtischen Heizkraftwerk Wilmersdorf vorbei, an dem damals noch der BEWAG- und nicht der Vattenfall-Schriftzug prangte. Leon wusste mit der gesamten, ihn ziemlich verunsichernden Situation wenig anzufangen, als sein Vater das Album „Born in the USA" von Bruce Springsteen einlegte. Aber nicht der titelgebende Song ertönte, sondern „Dancing in the Dark". Leon liebte ihn sofort und wollte das Kassettencover sehen, auf dem der „Boss" in Jeans und weißem T-Shirt vor den Streifen einer riesigen amerikanischen Flagge seinen Arsch in die Kamera hielt. Was für ein Typ, dachte Leon und wollte ebenfalls so eine blaue, leicht abgewetzte Hose haben. Eine rote Schirmmütze, wie sie Bruce Springsteen lässig in der rechten Gesäßtasche stecken hatte, besaß er bereits. Auch wenn Leons Kindercappi ein Bordgeschenk ihres LTU-Fluges zu dritt auf die Kanaren war; der letzte Urlaub als heile Familie.

Mit den Kopfhörern im Ohr war Leon wie früher, wenn er sich bei den Streits seiner Eltern einfach zurückzog, in seiner eigenen Welt. Rainer und seine Mutter besprachen ohnehin nur, welche Unterlagen sie bräuchten und welche organisatorischen Punkte sie in den kommenden Tagen regeln müssten. Leon wischte sich durch die ihm vorgeschlagenen Netflix-Serien und -Filme, schaute eine Folge „Cobra Kai", danach die letzte Episode der Michael-Jordan-Reihe, dann den Beginn einer Videospiele-Doku und wechselte schließlich zu „Deutschland '89" auf Amazon Prime. Leon liebte diese Serien, Dokumentationen und Filme, die wie „Stranger Things" in den Achtziger oder Neunziger Jahren spielten. Das war wie eine Zeitreise und weckte die ganzen Erinnerungen an die Kindheit. Die kantigen Autos; die von seiner Mutter selbstgestrickten Pullover, die aussahen wie aus der „Bill Cosby Show"; und diese Mega-Schulterpolster und engen Leggins, die die Partygäste anhatten als seine Eltern noch zusammen wohnten und regelmäßig eine Feier schmissen. Die jüngeren Frauen trugen dazu komisch geformte große Ohrringe und hatten wilde lockige Haare sowie leuchtenden Lippenstift – und waren sehr schön.

II

Als sie die Abfahrt von der Autobahn nahmen, sah fast alles so aus wie die Jahrzehnte zuvor. Das Zwei-Sterne-Hotel mit dem gezackten Dach an der ersten großen Ampelkreuzung gab es noch immer, den kleinen Gewerbepark ebenfalls. Eine Neubausiedlung auf der angrenzenden Wiese mit den eintönigen weißen Wohnquadern, wie sie auch in Berlin an jeder Ecke aus dem Boden schossen, stand vor ihrer Fertigstellung. Die Stadt wuchs. Weltmarktführerregion.

Hinter den ersten älteren Einfamilienhäusern mit eierschalenfarbigen oder roten Klinkern, bogen sie wie gewohnt an dem einzigen mehrgeschossigen Haus in der Straße, einem sterilen Fünfzigerjahre-Zweckbau, ab und erreichten nach drei Querstraßen die Sackgasse, in der Leons Großeltern Jahrzehnte gelebt hatten. Wie bei jedem Besuch parkte Rainer das Auto auf dem kleinen Parkplatz neben der langen Garagenreihe kurz vor dem Wendekreis.

In Berlin war Leon in einer Sackgasse groß geworden, in der er mit den Nachbarskindern Skateboard fuhr, und hier war ebenfalls eine Stichstraße sein Universum. Deshalb konnte er mit der Phrase „Mein Leben ist in eine Sackgasse geraten" nie etwas anfangen. Denn sobald das Wort fiel, waren seine Assoziationen positiv, sprudelten leuchtende Erinnerungen in seinem Kopf empor. An lachende Kinder, die in Berlin von den Bäumen gefallene Kastanien aufsammelten, um daraus Figuren mit Zahnstochern zu basteln. Oder an den alten rot-weißen Kaugummiautomaten in der Sackgasse bei seinen Großeltern, bei dem er sich oft für 10 Pfennig eine Kaugummikugel zog. Die dunkle Welt lag nicht in, sondern jenseits der Sackgassen.

Zum Beispiel bei der Engländersiedlung gegenüber der Sackgasseneinfahrt. In tristen graubraunen Reihenhäusern wohnten dort die »Tommys«, wie seine Großeltern die in Deutschland stationierten Briten nannten; gar nicht verächtlich, sondern so als sei das die ganz offizielle Bezeichnung. Auch jetzt standen mehrere Autos mit gelb-schwarzen GB-Kennzeichen in den Einfahrten. Die Menschen dieser eigenen Welt sah Leon kaum. Wenn er früher den Kindern zufällig über den Weg lief, gab es Stress, wie an dem kleinen Holzbudenkiosk eine Straße weiter, der für 50 Pfennig Wassereistüten verkaufte. Dann rauften sich die deutschen und die englischen Kinder, miteinander reden konnten sie ja nicht, weil keiner den anderen verstand. Das war recht harmlos. Nur einmal waren anscheinend ein paar Psycho-Tommys aus der Unterschicht in der Stadt, denn der eine deutsche Nachbarsjunge, so ein drahtiger Hellblonder, wurde bei einem Streit mit einem Bleistift in den Oberschenkel gestochen.

Leon hatte es wieder genau vor Augen als er mit seiner Mutter und Rainer an den grünen Hecken entlang zum Hauseingang lief. Zusammen mit dem verletzten Jungen kauerte er damals vor dem Gebüsch und überlegte verzweifelt, wie sie das ihren Eltern beibringen sollten, während ein Nachbarsmädchen mit einem Tempo auf die Wunde am Beim drückte und das Blut darunter in einem langen dünnen Rinnsal die hochgezogenen weißen Sportsocken mit den blau-roten Streifen am Rand erreichte. Dem Lädierten war das egal. Der faselte die ganze Zeit etwas von Blutvergiftung wegen des Bleis vor sich her. Letztlich tischten alle Kinder den Erwachsenen die Geschichte auf, die Verletzung käme vom ungeschickten Abrutschen von einer BMX-Pedale, die sich daraufhin ins Fleisch gebohrt hätte.

Vor dem Hauseingang angekommen, klingelte Leon. Das war seine Aufgabe seitdem er denken konnte. Es dauerte eine Weile bis jemand den Summer betätigte und er die schwere Haustür des Sechzigerjahrebaus ungeduldig wie bei allen Besuchen aufdrücken konnte. Das Treppenhaus mit seinem dünnen weißen Gittergeländer und der schwarzen Hartgummihandführung war so hellhörig wie eh und je. Jeder Schritt auf den glatten Steinstufen in gesprenkelter Marmoroptik war bis in den obersten dritten Stock zu hören. Es roch wie jedes Mal nach Putzmittel. Doch anders als früher öffnete nicht seine Oma in einer gestärkten nach Essen duftenden Spitzenschürze und rief »Lass dich drücken, mein Junge«, sondern stattdessen stand Leons Großcousine Gerda in der Tür und machte einen müden Eindruck. Das zerzauste Haar war normal bei ihr, aber die dunklen Augenringe verrieten, wie aufreibend die vergangenen Nächte gewesen sein mussten.

»Gut, dass ihr da seid«, sagte Gerda mit einem erleichterten Blick und umarmte Leons Mutter.

Hintereinander betraten sie den Wohnungsflur, in dem sie vor einem Telefontischlein mit Schlüsselablage stehenblieben, weil Gerda hier einen Stapel bereits geöffneter Umschläge zückte und mit der Rezension der kürzlich eingegangenen Post begann. Leon ging an den dreien vorbei ins Badezimmer und blickte im Spiegelschrank über dem Waschbecken in sein ernstes Gesicht unter dem hellbraunen Faconschnitt. Für ihn war der Seitenscheitel nicht der Look des Spießers oder gar des Rechten, wie sein Vater meinte, sondern ganz simpel die Frisur seines Opas. Immer wenn er jemanden mit einem präzise gezogenen Scheitel sah, dachte er nicht an Politik oder Ideologien, sondern an die vielen Morgen, an denen er mit seinem Großvater im Bad gestanden hatte. Ein tägliches Ritual und die einzigen Momente, in denen Leon seinen Großvater im Unterhemd sah, was dem sonst so korrekt angezogenen Herrn eine gewisse Verletzlichkeit verlieh und Leon das Gefühl, eine Art siegfried'sches Geheimnis zu kennen, das er nur aufgrund ihrer engen Beziehung erfahren durfte, aber auch deshalb hüten musste.

Längs auf seinem goldfarbenen handgefertigten Metallkamm verteilte der Großvater eine lange Wurst Brisk und bändigte damit das lange Oberhaar. Dabei verwendete er den spitz zulaufenden Kammgriff dazu, eine schmale kerzengerade Scheitelbresche zu schlagen und einzelnen Haaren links und rechts ihren Plätzen zuzuweisen. Danach rasierte sich der Großvater mit einem alten elektrischen Braun-Rasierer, wobei er sein Kinn weit nach vorne streckte wie bei einem Unterbiss. Er hatte zwar noch einen Rasierhobel, den er als ganz junger Mann während seiner Kaufmannsausbildung benutzt hatte, doch seit seiner Zuckererkrankung begleitete ihn das surrende raspelnde Geräusch des Elektrorasierers. Trotzdem griff er nach der Rasur und dem Ausklopfen des Scherfolienkopfes stets zu einem Aftershave, niemals zu einem Parfum. Eine der wenigen Gemeinsamkeiten mit dem einstigen Schwiegersohn, Leons Vater, der seit Jahrzehnten das Kouros-Aftershave von Yves Saint Laurent verwendete und sich früher, wenn er mit Leon zu zweit in den Urlaub nach Gran Canaria flog, immer eine Packung im Duty-Free-Shop kaufte. Allerdings schwor der Vater auf die Nassrasur und als Leon ein kleiner Junge war, standen sie beide häufig vorm Spiegel und Leon machte das Einpinseln mit der Rasiercreme nach, und er liebte den frischen Duft des Schaums in seinem Gesicht.

Als bei Leon wirklich der erste Bartflaum spross, schenkte ihm seine Mutter eilig ein neueres Braun-Modell, worüber sein Vater beleidigt war, da er es als Affront gegen das unausgesprochene, aber gültige Naturgesetz erachtete, dass der Vater dem Sohn das erste Rasierzeug zu übergeben habe. Also zog er schnell nach und schenkte Leon einen Gillette und einen Rasierpinsel aus echtem Dachshaar. Da stand Leon wie so oft in jenem Wettstreit, den er so hasste: doppelt beschenkt, aber hin- und hergerissen und mit der Gewissheit, egal was er tut, einen der Streithälse zu enttäuschen. Obwohl er sich nie auf eine Seite stellen wollte, sondern ganz im Gegenteil lange auf eine Versöhnung gehofft hatte. Trotzdem setzte sich der Nassrasierer durch und so standen bei Leon zu Hause im Bad der Rasierpinsel, ein Kouros-Flakon und eine Tube Brisk nebeneinander. Lediglich der hölzerne Tiegel mit Sandelholzrasierseife war seine dazugekom-

mene individuelle Note für dieses Dreigenerationenset-
ting.

Wenn Leons Großvater im Bad fertig war, ging er zurück
ins Schlafzimmer. Leon folgte der Spur, so als wäre er 30
Jahre in die Vergangenheit gereist und der Opa wieder
neben ihm. Das Schlafzimmer war wegen des ständigen
Lüftens im Vergleich zu den anderen Räumen grundsätzlich kalt. So kalt, dass sogar die Sprudelflaschen und zu
Geburtstagen die Bierkästen dort lagerten. Leon fragte
sich jedes Mal, wenn er der Oma bei der Gästebewirtung
half, wie Menschen auf zwei getrennten Matratzen an so
einem kalten dunklen Ort kuschelig zusammen schlafen
konnten. Er hatte wirklich eine Weile geglaubt, das sei
der Grund, warum seine Großeltern so früh aufstanden,
was für ihn als Langschläfer unverständlich war.

Vielleicht resultierte aus jener Zeit seine Ablehnung
getrennter Matratzen, die beim ersten Zusammenziehen
mit einer Frau zum heftigen Streit führte. Besucherritze
ging für Leon gar nicht. Ein Bett musste ein zusammen-
hängendes, warmes, mit unzähligen Decken und Kissen
ausgelegtes Nest sein, so wie bei seiner Mutter. Früher an
den Wochenenden murmelten sie sich bis zum Mittag ein
und die Mutter machte ihm Ovomaltine und kleine
»Hoppelmänner«-Schnittchen. Oder sie kochte Kartoffel-
brei mit Goudawürfeln und Leon ummantelte den Käse in
einer großen Kartoffelbreipyramide bis er geschmolzen
war und Fäden zog.

Am Fuß des riesigen Ehebetts mit dem Kruzifix darüber stand der ebenfalls riesige Kleiderschrank aus dunkler Eiche, links darin die Anziehsachen der Oma, rechts noch immer die des Opas. Ganz unten lagen zwei Jogginghosen. Jahrzehntelang hatte Leons Opa feinen Zwirn getragen und plötzlich sollte er für die gefälligere Handhabung des Pflegedienstes diese Dinger anziehen.

Die Anzüge des Großvaters, die Leon behutsam mitsamt der massiven Holzbügel heraushievte, waren schwer, überhaupt nicht zu vergleichen mit heutigen Anzügen, die Leon ohnehin alle zu eng, zu kurz und zu glänzend vorkamen. Manchmal durfte Leon die Weste des Nadelstreifens oder des grauen Herbst-Dreiteilers anziehen, die an ihm aussah wie ein übertriebener Poncho. Der Opa suchte ihm dazu Handschuhe aus Wildleder heraus und erklärte ihm die Funktion seiner Manschettenknöpfe aus Gold und Perlmutt.

Bei den dicken und harten Anzugstoffen hatte sich Leon gefragt, wenn das die Zivilkleidung war, wie unbequem mussten erst die Uniformen gewesen sein. In seinem Kopf liefen Bilder von seinem Opa ab, wie er sich im Krieg durch Wälder und Häuser kämpfte, während dieser steinerne Stoff bei jeder Bewegung, jedem Rennen, Knien, Rollen und Robben in seine Gelenke schnitt und er nach jeder Schlacht offene blutige Stellen am ganzen Körper hatte. Ob das wirklich so wahr, wusste er natürlich nicht. In den ganzen Dokumentationen hatten sie nie etwas von stocksteifen Uniformen erzählt und wahrscheinlich war das wenn auch das geringste Problem.

Leon wechselte vom Schlafzimmer ins Wohnzimmer. Die hellen Fransen des persisch anmutenden Teppichs waren völlig durcheinander gewuschelt. Als seine Großmutter noch täglich morgens mit ihrem grün-weißen unzerstörbaren Vorwerk saugte und Staub wischte, streifte sie die Fransen mühsam mit der Hand lang und glatt. Leon setzte sich an den Esstisch, der zu ihren Besuchen sonst an beiden Seiten ausgeklappt wurde. Nun standen lediglich zwei Flaschen Wasser und einige Gläser auf dem nackten dunklen Holz.

Unter der Regie der Oma undenkbar, der Tisch war stets eingedeckt. Das Siebziger-Jahre-Besteck, das seine Großeltern zu zweit im Alltag nutzten, verschwand. Stattdessen wurde das gute silberne Hochzeitsbesteck, das sie 1939 zur Trauung geschenkt bekommen hatten, hervorgeholt und neben dem feinen, ebenfalls zur Hochzeit überreichten Porzellan mit Goldrand auf der gestärkten und frisch gebügelten weißen Tischdecke ausgezirkelt. Das Geschirr und das Besteck waren neben ein paar Bildern, Dokumenten und alten Schmuckstücken wie den Goldohrringen der Ururgroßmutter die einzigen Dinge, die es über die Kriegsjahre geschafft hatten. »Das war mein Schatz für alle Fälle«, hatte die Großmutter mit lachendem aber gleichzeitig verschwörerischem Blick gesagt, als Leon beim Polieren des Besteckes half und die fertigen Messer, Gabeln und Löffel in einem außen leicht abgewetzten und innen mit weichem dunkelgrünen Samt ausgeschlagenen Köfferchen mit kleinen Messingschnallen einsortierte.

Dieser jetzt karg vor ihm stehende Tisch war das Herzstück ihrer Besuche in gesunden Zeiten, in denen er sich nie ganz zu leeren schien. Zur Begrüßung standen Platten mit Käse- und Apfelstreuselkuchen bereit – bis heute Leons absolute Lieblingskuchen. Und unter seinem Teller sowie unter denen seiner Eltern lugten jedes Mal Briefumschläge hervor mit 50- oder sogar manchmal 100-Markscheinen darin.

Morgens warteten gekochte Eier, Wurstplatten und frische Brötchen auf dem Tisch, obwohl Leons Großvater wegen seiner Diabetes größtenteils Graubrot mit Becel zum Frühstück aß – prinzipiell mit Messer, Gabel und Krawatte. Zum Abendessen, nachdem es mittags ein „kleines" Putenschnitzel gab, wurde richtig aufgefahren. Die Oma werkelte den ganzen Tag in der feuchtwarmen zugedampften Küche herum, die wundervoll nach zerschmolzener Butter, Schmalz, scharf angebratenem Fleisch und Rinderbrühe duftete; nicht diese künstliche aus Pulver oder Fertigwürfeln, sondern die über Stunden selbst angesetzte.

Als kleiner Junge stand Leon mit aufgerissenen Augen vor riesigen blubbernden Töpfen, von denen seine Großmutter den größten mit einer altertümlichen Eisenspange bändigte und der Physik trotzend fest verschloss. Auf der Tafel standen westfälischer Sauerbraten, Rouladen und mehrere Schalen mit Kartoffeln und Bohnensalat. Es war ein Fest – jeden Abend. Die Köchin, die gegen jeden erbitterten Einspruch nur auf einem kleinen hellblauen Hocker Platz nahm, sauste fortwährend zwischen Küche und Esstisch hin und her, brachte gefüllte Schüsseln und räumte leere ab. Und sie brachte Soße, ihre von Leon so geliebte Spezialität. Diese Soße mit Kartoffeln und einigen dieser kleinen, butterzarten, vom Braten abgefallenen Fleischfetzen, das war Leons Leibgericht. Sein begeistertes Stampfen der Kartoffeln war die größte Freude seiner Oma, die mit einem stolzen Grinsen ihr Goldinlay präsentierte, das Anfang der Neunziger gegen eine unauffälligere Füllung ausgetauscht wurde. Sie kochte nicht, um selbst etwas zu essen, sie zauberte ein Zuhause, um ihre Familie froh und sich selbst damit glücklich zu machen.

Nach dem Essen spielten sie hinter den penibel gefalteten weißen Gardinen stundenlang Rommé um Kleingeld. Der Großvater, die Mutter und Leon sortierten und türmten ihre Pfennige und Groschen sorgfältig auf, aber die Oma schmiss alle Münzen einfach zu einem wilden großen Haufen zusammen. Wollte sie Leon noch mehr Gutes tun, warf sie entgegen aller Siegestaktik einen Joker ab, den Leon natürlich zum Ärger aller anderen Mitspieler sofort aufnahm. Wenn er dann gewann und lachte wie ein Honigkuchenpferd, freute sie sich ebenfalls kindisch; ihr ganz persönliches emotionales Dessert. Für den richtigen Nachtisch standen indes große Schüsseln grüner und roter Götterspeise sowie Schoko- und Karamellpudding parat.

Wenn Leon zwischendurch Hunger hatte, präparierte seine Oma ihm Salamibrote. Die Scheiben waren stets einen knappen Zentimeter dick. Die Brotschneidemaschine war eine Art Altar. Und sein Opa erklärte ständig, wenn er trotz seines Gebisses nach dem letzten verhärteten Brotkanten griff: »Das ist gut für die Zähne«. Brot, Brot, Brot, wie in Heinrich Bölls „Das Brot der frühen Jahre", das im Bücherregal seiner Mutter stand. Diese Familie bestand aus Brotfetischisten, aber nicht in dem Sinne wie es in entsprechenden Dokus und Zeitungsartikeln hieß: „Die Deutschen und ihr Brot" oder „Nirgends gibt es so viele Brotsorten wie in Deutschland". Leons Vater erzählte stattdessen wiederholt wie er als Kind häufig nur Brot mit etwas Zucker darauf zu essen bekommen hatte.

In jungen Jahren verstand Leon diese Brotfixierung nicht. Er liebte zwar Brot, besonders das teure von Butter Lindner mit Kürbiskernen, das seine Eltern in seiner Kindheit einmal die Woche zusammen mit einer „Dürren Runden" fast ehrfürchtig auf den Küchentisch stellten als handle es sich um einen Goldbarren. Aber ständig dieser Aufriss, diese Wissenschaft wie man am besten möglichst präzise einheitliche Scheiben abschneiden konnte, um den ganzen Laib perfekt aufgeteilt zu nutzen. Aus Protest gegen diese Brotreligion fing Leon irgendwann an, die trockenen Kanten seiner Salamischnitten rund um den Belag abzuschneiden und auf dem kleinen Teller liegen zu lassen. Aber zu seinem Erstaunen sagte seine Oma nie etwas.

Eines Abends kam Leon in die Küche und sah wie seine Oma sich die Brotreste von seinem Teller geschwind in den Mund steckte, während sie um die kleine Spüle klar Schiff machte. Sie konnte es einfach nicht übers Herz bringen, Brot wegzuschmeißen und gleichzeitig wollte sie den Enkel vor den schlechten Gefühlen und verhärtenden Ängsten der Nachkriegsarmut und des Hungers, die sie verinnerlicht hatte, bewahren. Leon schämte sich in diesem Augenblick so sehr, dass er nie wieder nur einen Krumen verschwendete.

Die Salamibrote aß Leon am liebsten auf dem der drei schweren Sessel, der dem TV-Gerät am nächsten stand. Als kleiner Junge war er gern auf ihnen und dem dazugehörenden Dreimannsofa herumgesprungen wie auf Trampolinen. Einer der wenigen Momente, in denen seine Großmutter mit ihm schimpfte.

Auch jetzt standen Sessel und Sofa um den Wohnzimmertisch, auf dem sein Opa früher nach dem Begrüßungskuchen die Glasuntersetzer für die Sektkelche verteilte und es Leon überließ die gekühlte Flasche zu öffnen; einzige Vorgaben: Nicht mit dem Korken knallen und kein Überschäumen.

Über dem Sofa an der Wand hingen die großen gerahmten Mühlenhaupt-Lithografien, eine nette Sammlung Berliner Kiosk-Motive. Leon streifte über den weichen dicken Polsterstoff. Hinter dem Sessel, in dem sein Großvater standardmäßig gesessen hatte, stand die dunkle hölzerne Schrankwand mit den Rosenthal-Gläsern und den vielen Schubladen, in denen Süßigkeiten und Knabbersachen lagerten. An die Knaufe und Metallhenkel hatte Leon seinen Opa mit dessen Krawatte beim Raufen und Cowboy-und-Indianer-Spielen gefesselt. Und wenn der alte Herr wehrlos fixiert war, durchwuschelte Leon die grauen Haare bis sie in alle Richtungen abstanden. Aber jedes Mal konnte sich der Opa plötzlich befreien. Wie war das möglich? Leon hatte extra bei allen Western genau aufgepasst. Er war kurz vorm Verzweifeln, als ihm der Großvater das Geheimnis verriet, wie man es besser macht: Nicht beide Handgelenke zusammenbinden, sondern jedes einzeln umschlingen und in der Mitte miteinander verknoten. Beim Spielen bewunderte Leon den muskulösen Nacken seines Großvaters, der steinhart war und wie eine Platte schützend über den Wirbeln lag. »Das ist vom Arbeiten«, war die Antwort auf die Frage, woher das käme.

Und erst jetzt merkte Leon, dass ihm diese knappe Erklärung nicht ausreichte. Welche Art von Arbeit? Zwangsarbeit in der Kriegsgefangenschaft? Hat das nicht anfangs, als noch alles weich war, höllisch weh getan? Hier stehend, wurde Leon wieder bewusst, wie sehr ihm sein Großvater fehlte. Zusammen hatten sie nach ihren Kämpfen oft ferngeschaut: Filme mit Heintje wie „Die Lümmel von der ersten Bank" und die großen Abendshows von der „Rudi Carrell Show" über „Flitterabend" und „Verstehen Sie Spaß" bis „Wetten, dass..?" – und am zweiten Weihnachtsfeiertag natürlich „Stars in der Manege". Das „Musikantenstadl" mochte Leon nicht so gern, diese Welt war ihm zu gekünstelt makellos. Einzig Heino mit seiner Sonnenbrille, den hellblonden Haaren, diesen roten Sakkos, der bassigen Stimme und seiner Mischung aus Soldaten- und Volksliedern wie „Blau blüht der Enzian", „Schwarzbraun ist die Haselnuss" oder dem „Wolgalied" fand er „cool", wie damals die jungen Leute anfingen zu sagen. Aber lieber lachten sie sich gemeinsam bei Loriot, Ekel-Alfred, Mr. Bean, Otto, Dieter Hallervorden und Harald Juhnke schlapp.

Um die Hintergründe von Juhnkes „Barfuß oder Lackschuh" und anderen modischen Statements zu erläutern, nahm sein Opa ihn mit zum großen Kleiderschrank und erklärte ihm die Unterschiede zwischen Schlips und Fliege sowie zwischen Anzug, Smoking und Frack; auch wenn so einen ja nur Johannes Heesters trug. Doch der Großvater besaß ebenfalls einen weißen Seidenschal und einen schwarzen Zylinder, einen edlen Chapeau Claque in der flachen Originalschachtel, den Leon mit einem leichten Klaps auf die Krempe entfaltete.

Wie sang Harald Juhnke, der öfters an Leons Lieblings-Currywurstbude in Berlin gesichtet wurde: »Nie die goldene Mitte!« Das war aktueller denn je, davon war Leon heute erst recht überzeugt. In einem Schwarm Papageien kann man noch so bunt sein, man fällt nicht auf, es sei denn man trägt schwarz. Die Black Tie, der klassische Modestil war der neue Punk; Traditionalisten die progressiven Individualisten; Haus, Ehe und Kinder das neue alternative Lebensmodell. Das alles war der Grund, warum Leon in der Deutschen oder in der Komischen Oper in Berlin – diese unsäglichen Kästen, in denen alle mit Pullovern und Turnschuhen herumliefen – grundsätzlich seinen Smoking anzog. Anstatt ihn zu stören, förderten die Blicke der anderen Zuschauer den Genuss der „Zauberflöte" oder von „Carmen", seine absoluten Lieblingsopern.

Bei so viel Begeisterung für Gesang brachte der Großvater Leon natürlich Lieder bei. Das erste war „Als die Römer frech geworden" und Leon kam zu ihrer beider Belustigung mit den ganzen „simserimsimsimsimsim", „täterätätä" und „schnätterängtäng" völlig durcheinander. Das zweite Lied war mit Unterstützung von Leons Vater „Wir lagen vor Madagaskar" und der Vater erzählte nebenbei, wie er in Kindertagen Schifferklavier lernen musste, weil sein Großvater ebenfalls Akkordeon spielte und das so wollte. Und wenn Leon mit seiner sich langsam ausprägenden Berliner Schnauze – weshalb als drittes Lied „Bolle reiste jüngst zu Pfingsten" folgte – einen Spruch raushaute, sagte der Opa immer: »Mensch, mein Junge, den muss ich mir aufschreiben.«

Doch ein Moment in dieser großartig banalen Sitzgarnitur im Wohnzimmer hatte sich bei Leon ganz besonders eingebrannt. Es muss das „Mittagsmagazin" gewesen sein, ein Bericht über die Heimkehr der letzten 10.000 deutschen Kriegsgefangenen 1955. Als die schwarzweißen Bilder aus dem Auffanglager Friedland von wartenden, freudigen wie verzweifelten Frauen und Kindern eingeblendet wurden und der „Choral von Leuthen" aus den Kehlen der abgemagerten Soldaten erklang, rollten Leons Opa im Sessel sitzend die Tränen über die Wangen. Es war das einzige Mal, dass Leon seinen Großvater weinen sah. „Nun danket alle Gott." Seitdem gehört die dazugehörige Melodie zu den Top Ten des Soundtracks seines Lebens.

Leon öffnete die seitlich an der Wohnzimmerwand stehende Kommode. Sein Blick fiel auf die Briefmarkensammlung des Großvaters. Über Jahrzehnte hatte er eine Brieffreundschaft mit einem Sammler aus der DDR aufrechterhalten. Gegenseitig schickten sie sich jeden Monat

Marken und kurze Notizen zu ihrem jeweiligen Deutschland. Neben den Philateliealben lagen mehrere Blöcke mit Listen, in denen der Opa jeden Morgen die Temperatur des Küchenfensterthermometers eingetragen hatte.

Auf der Kommode standen drei Silberkerzenständer, eine Engelsfigur, ein Räuchermännchen in Form eines Bäckers, ein Nussknacker, das Foto von Leon als Kleinkind auf einem griechischen Esel sowie zwei kleine silberne Stoffquadrate von der Reichstagsverhüllung und ein Stück Berliner Mauer. Leon erinnerte sich noch genau, wie er mit seinem Vater zum Brandenburger Tor gefahren war. Ganz stolz hatte er den schweren Zimmermannshammer den ganzen Weg über vor sich hergetragen. Gar nicht weil ihm bewusst war, welches Bauwerk gleich unter seinen Schlägen leiden sollte, sondern weil er sich fühlte wie ein richtiger Handwerker oder Bauarbeiter, die seine Freunde und er im Kindergarten ständig nachahmten. Zu Weihnachten hatte sich jeder extra einen richtigen Werkzeugkasten gewünscht, nicht so einen aus Plastik von Fisher-Price, wie er ihn schon hatte, sondern einen aus Metall mit wirklich benutzbaren Schraubenziehern, Zangen, Hämmern und Sägen. Und mit lauter Fächern, in denen die Nägel klapperten, wenn sie durch die großen Büsche des Gartens zogen, auf der Suche nach Löchern oder Baumstümpfen, die man zu einem Baumhaus ausbauen oder zu einem Raumschiff wie bei den „Galaxy Rangers" umbauen konnte.

An der Berliner Mauer angekommen, merkte Leon schnell, dass die Bearbeitung des stabilen Betons etwas schwieriger ausfiel als gedacht. Bei den ersten Schlägen war Leon so aufgeregt, dass er ganz schweißige Hände hatte und seine Arme sich anfühlten wie Kaugummi. Ein Glück war er nicht der Einzige, der sich abmühte. Direkt neben ihm schlug ein fülliger Mann mit hochrotem Kopf unter einer senfbraunen Schiebermütze wie wild auf den bunt besprühten Wall ein. Selbst Leon spürte, dass das etwas Emotionales, etwas Persönliches war. Aber warum der Mann diese Mauer so hasste, konnte er nicht verstehen. Er dachte damals, der Dicke, der tatsächlich anfing zu weinen, sei einfach nur wütend auf diesen verdammten harten Stein, an dem das Eisen abzuprallen schien. Schließlich half der Vater Leon für die ersten Wirkungstreffer die spitze Hammerseite zu führen und zusammen brachen sie einen ziemlich großen Klotz heraus, den sie danach teilten, ein Stück für die Großeltern und eines für die Eltern, das mittlerweile auf Leons Schreibtisch lag.

Das waren verrückte Zeiten. Ständig lief irgendeine Sondersendung oder eine bedeutende Live-Übertragung im Fernsehen und der Vater nahm Leon mit in Gegenden in Ost-Berlin, in denen die Häuser völlig heruntergekommen waren; zu Hinterhoffesten, auf denen alle verkleidet herumliefen, enthusiastisch selbstgebaute Instrumente spielten und bemalte Bettlaken aus den Fenstern hingen. Alle waren so beschäftigt mit dem Fall der Mauer, der Wiedervereinigung, dem ganzen Zusammenbruch des Ostblocks und den damit einhergehenden weltbewegenden Veränderungen, dass sich niemand auf die Veränderungen in ihrer kleinen Familienwelt konzentrierte.

In einer Kommodenschublade entdeckte Leon die Lupe, mit der sein Opa die Zeitung gelesen hatte. Daneben lagen sein Absenderstempel und das Stempelkissen. Jede Woche hatte der Großvater Leon einen Brief mit den neuesten Ereignissen in der Familie geschickt. Dazu gab es immer ein von ihm selbst gemaltes Aquarell, meistens Tiere oder Sehenswürdigkeiten aus der Region wie die Sparrenburg. Wenn Leon in der Schule in einer Klassenarbeit eine 1 oder eine 2 geschrieben hatte, lag für jede sehr gute oder gute Note ein Zehnmarkschein dabei. Auf einem zweiten Adressstempel konnte Leon seine alte Anschrift vor der Postleitzahleinführung entziffern: 1000 Berlin 41.

Das war die Zeit, in der das ehemalige königlich preußische Postamt bei ihm um die Ecke noch als Aufgabe- und Annahmestelle in Betrieb war. In dem zentralen Raum inmitten des riesigen hochherrschaftlichen Gründerzeitbaus nahm Leon jedes Jahr Anfang Dezember die Adventspakete seiner Großeltern mit Nüssen, Marzipankartoffeln, Lebkuchen und Mandarinen entgegen. Nur die Dominosteine mochte er nicht so gerne, wegen der geleeartigen mittleren Schicht bei der Füllung. Zuhause packte Leon dann alles aus, während er mit seiner Mutter Plätzchen oder Salzteig für neuen Sternenschmuck für den Weihnachtsbaum backte. Die Tanne musste seitdem jedes Jahr bis unter die Decke reichen, aber genügend Platz für den goldenen Engel mit seinen Pappflügeln und dem Heiligenschein lassen. Und jährlich kamen neue Glaskugeln und ausgefallene Baumschmuckstücke dazu, die in einer Art Zeremonie bei frisch gepresstem Orangensaft,

Stollen und Spekulatius zusammen mit viel Lametta aufgehängt wurden.

»Ich hoffe, dass die Unterlagen der Krankenkasse bei den anderen Papieren sind«, hörte Leon seine Mutter sagen, die mit Gerda ins Wohnzimmer kam und anfing in den unteren Schrankwandfächern herum zu kramen.

»Die Heimleitung meinte, wir sollten das unbedingt wegen der Pflegeversicherung und möglicher Zusatzleistungen abklären«, sagte Gerda hektisch.

Leon hasste dieses Gerede. Als ginge es um einen Autoverkauf und das sauber geführte Inspektions- und Reparaturen-Checkheft. Seit Jahren ging das so, aber angesichts der Verschlechterung des Gesundheitszustands seiner Großmutter stand spätestens jetzt nach dem Einzug in ein Heim eine neue Beurteilung ihrer Pflegestufe an. Zwei oder drei, das war hier die Frage, vor der Gerda, Rainer und die Mutter standen, und vor der Leon auswich. Die Heerscharen an Arbeitskollegen oder Freunden, die das gleiche mit ihren Eltern durchgemacht hatten, empfahlen bloß in der Pflegestufe zwei zu bleiben. Die Reserven verpufften sonst in null Komma nichts. Die Ärzte und das Altenheim seien allerdings bestimmt auf Pflegestufe drei aus, weil das natürlich mehr Geld bringe. Und dass die meisten Familien und Alten nie über solche immens wichtigen, aber eben unangenehmen Dinge sprachen, geschweige denn Entscheidungen oder Vorbereitungen trafen, spielte dem in die Hände. Trotzdem konnte es Leon einfach nicht ertragen. Er musste hier weg. Er verließ das Wohnzimmer, in dem die Mutter überall Papierblätter verteilte, und verdrückte sich ins alte Gästezimmer am Ende des Flurs.

Hier hatten seine Eltern und er früher geschlafen, wenn sie zu Besuch waren. Nirgends, nicht zu Hause, in keinem Hotel und auch nicht bei Freunden oder anderen Verwandten, hatte er je so weiche voluminös aufgepluderte Decken und Kopfkissen erlebt, in denen er – am liebsten ganz nackt – so schön versinken konnte bis er komplett von frisch duftender weißer Damastwäsche umgeben war. Diese hatten seine Großeltern von einem befreundeten Händler bekommen, der von Hof zu Hof zog und die Produkte der traditionsreichen Familienunternehmen aus der „Leinenstadt" verkaufte. Als Füllung kamen nur feinste Gänsedaunen in Frage, da war Leons Oma eigen – nie wieder frieren.

Jetzt stand in dem kargen Raum das verwaiste Krankenhausbett mit dem typischen grauen dreieckigen Haltegriff an einer Art Angel. Auf einem kleinen Tisch daneben lagen eine leere Tablettenbox mit Wochentagsfächern und eine Art medizinische Halskette mit dem signalroten Notknopfamulett daran. Einsam an der Wand hing der große Holzrahmen mit der selbst zurechtgeschnittenen Fotokollage aus Schwarz-Weiß-Aufnahmen: der Großvater ausgemergelt kurz nach seiner Entlassung aus der Kriegsgefangenschaft; der Großvater mit dickem Bauch und prallen Backen einige Jahre später; die Großmutter viel älter aussehend als sie damals war; Leons Mutter als Baby in einem Kinderwagen und als kleines Mädchen vor dem Hof der Urgroßeltern, beim Schwimmen oder in einem völlig überfüllten Klassenzimmer.

In einer Raumecke erhob sich der Arm des bedrohlich wirkenden Bettenkrans, mit dessen Hilfe Leon seine Großmutter in den vergangenen Jahren aus dem Bett gehievt und in den Rollstuhl gesetzt hatte, um sie ins Wohnzimmer zu schieben. Zu Beginn musste er dies mit den Händen machen, aber vor lauter Angst ihr weh zu tun, was zwangsläufig passierte, hatte er sich nie getraut wirklich fest zuzugreifen, was den ganzen Prozess noch langwieriger und damit schlimmer machte.

Mit 95 hatte seine Oma aus heiterem Himmel einen Schlaganfall gehabt, im Krankenhaus folgten ein zweiter und später ein dritter. Bis auf den rechten Arm, den Hals samt Kopf und ein wenig hin und her rutschende Beweglichkeit in der Schulterpartie war alles gelähmt. Aus dem „Homeworkaholic" wurde ein Pflegefall mit Bettpfanne, Katheter, fahrbarem Mittagstisch und einem Pflegedienst, der zweimal am Tag das behelfsmäßig eingerichtete Krankenlager zu Hause betreute. Langsam lag sie sich wund und bekam offene Stellen am Körper. Erst faulte das linke Bein ab, danach das Rechte. Das Bild der in den weißen Laken liegenden, immer dunkler werdenden Beine hatte sich so tief in Leons Gedächtnis geritzt, dass es auftauchte sobald er matschiges, angeschimmeltes Obst sah. Erst wurde der linke Fuß amputiert, dann der Unterschenkel und schließlich der Rest bis weit über das Knie. Danach folgte in den gleichen Schritten das rechte Bein; Scheibchen für Scheibchen. Warum nicht sofort das ganze Bein? Immer wieder aufs Neue die qualvollen Transporte ins Krankenhaus, Umbettungen, die risikoreiche Narkose und die Schmerzen nach der OP. Die Stumpen

sahen zu Leons Entsetzen aus wie grob zusammengenäh-
te Säcke aus Fleisch und Haut.

Die jüngste Operation war kurz vor Weihnachten gewesen, der letzte Heiligabend, den sie alle zusammen
gefeiert hatten. Irgendwo müsste das ausgedruckte Gruppenfoto liegen: die nur noch zu zwei Drittel vorhandene
Oma im Rollstuhl, der ebenfalls zunehmend gezeichnete
Opa in seinem Sessel daneben, dahinter beide umarmend
Leon, seine Eltern mit ihren jeweils neuen Partnern rechts
und links. Das Foto hatten sie nicht rahmen lassen, zu
traurig waren die Gesichter. Auch Leon hatte es nicht bei
sich zu Hause hingestellt, zu überfordernd erschien ihm
seine Position genau in der Mitte so wie sein Opa früher.
»Bald bist du der Mann im Haus«, hatte der Opa damals
zu ihm fast beiläufig gesagt. Aber es war kein salopper
Spruch, mit dem der Großvater trotz der Umstände genügend Lebensmut zum Scherzen beweise wollte. Leon sah
in den ernsten klaren Augen, die in diesem Moment sonst
niemand wahrgenommen hatte, dass es kein Scherz war.

Bald darauf starb der Großvater. In kürzester Zeit hatte er schneller abgebaut als seine schwer kranke Frau.
Der Organismus versagte einfach. Es war keine konkrete
Krankheit, da war sich Leon sicher, sondern es waren die
Trauer und die Machtlosigkeit, welche die grundlegenden
Mechanismen wie Atmen, Essen und Schlucken blockierten. Der Tod des Großvaters war das Schmerzhafteste,
was Leon bis dahin erlebt hatte. Der erste Verlust, dem er
gegenüber wirklich völlig hilflos war. Er wurde bis heute
das Gefühl nicht los, dass mit diesem Moment des Zu-
sammenbrechens des familiären Idealbilds auch seiner

Idee vom Leben der Sockel weggerissen wurde. Sein Plan, der vorprogrammiert auf Umsetzung wartete, war plötzlich weg, auseinandergesprungen, und nun musste er mühselig mit viel Umherprobiere wieder zusammengesetzt werden.

Gerda und Leons Mutter hatten nach dem Tod des Großvaters wochenlang versucht, mit Hilfe von Freunden und Verwandten die Pflege der Oma in den eigenen vier Wänden zu organisieren. Gerda innerhalb der Woche, die Mutter an den Wochenenden. Es war ein kräftezehrender Kampf, der Leon tief beeindruckt hatte, der jedoch mit einer Niederlage zu Ende gegangen war. Und irgendwie fühlte sich Leon schuldig. Immer wieder hatten sie darüber gesprochen, die alte Dame zu sich zu holen, aber Berlin war nicht ihre Heimat. Sie mochte die Stadt nicht einmal besonders, war kaum zu Besuch gekommen als sie noch topfit war. Insgesamt reiste sie nicht gern, fuhr nie in den Urlaub. Hier schaute fast jeden Tag jemand vorbei, was sollte sie woanders, in der Hauptstadt waren Leon und seine Mutter ein einsamer Außenposten der Familie. Hätte er sich trotzdem durchsetzen sollen? Er wurde seit langem die Selbstvorwürfe nicht los, sich zu wenig gekümmert und alle enttäuscht zu haben, den Opa, die Oma, die Mutter und vor allem sich selbst.

Leon hörte seine Mutter und Gerda in der Küche über die Kündigungsmodalitäten der Wohnung sprechen. Rainer musste schon raus gegangen sein, wahrscheinlich um ein paar Dinge für die Oma, die sie später im Altenheim besuchen wollten, ins Auto zu packen.

Leon verließ ebenfalls die Wohnung. Die Stimmung fing an, ihn runterzuziehen. Er ging hinunter in den kühlen, hellgrau gestrichenen Keller. In ihrem Verschlag lagerte die Großmutter Unmengen an gefüllten Einmachgläsern, ihre »eiserne Reserve für schlechte Zeiten«. Die Gläser standen unberührt in den Regalen, wie Leon durch einen großen Spalt in der Tür erkennen konnte. Neben den einzelnen, mit den Nachnamen ihrer Besitzer beschrifteten Abteilen lag der Fahrradkeller, der gleichzeitig als Waschraum diente. Auf der einen Seite standen vier große Damenräder mit Körben an den Lenkern und diesen Doppelständern, mit denen man die Räder nicht seitlich leicht schräg abstellte, sondern quasi gerade nach oben aufbockte. Auf der anderen Raumseite stand – weiß wie aus leuchtendem Elfenbein – die laufende Gemeinschaftswaschmaschine, ein wartender rosa Plastikkorb daneben. Jede Wohnpartei hatte ihre eigene Farbe, damit die Bewohner die Körbe und Wäsche nicht verwechselten. Rosa musste zu Familie Birkenheyde gehören, wenn Leon sich richtig erinnerte. Er blickte in die sich drehende schäumende Trommel, als könnte der nasse Inhalt die Bestätigung seiner Vermutung liefern.

Der Sohn der Birkenheydes war der erste Soldat in Bundeswehruniform, den Leon je gesehen hatte; damals noch in Oliv und mit Schiffchen auf dem Kopf. Der gehörte Anfang der Neunziger zum deutschen Blauhelmkontingent in Somalia. Zumindest erzählten das ganz besorgt die Großeltern, während sich Leons Eltern tierisch aufregten. Einige Zeit später erlitt der Junior einen Steckschuss im Bein bei einem Manöver – nicht in Afrika, sondern in Niedersachsen. Leon fand das unglaublich gefährlich und spannend zugleich, seine Eltern nölten nur wieder rum und seine Großeltern waren überraschenderweise relativ entspannt. »Das ist nicht so schlimm«, meinte der Opa lediglich.

Der ganze Keller roch wie früher nach Waschpulver. Und Leon erkannte an der Miele – natürlich – den seitlich angebauten Münzkasten, der heute 50 Cent und nicht mehr 50 Pfennig pro Benutzung schluckte. Seine Oma hatte die Münzen in einer Tasse neben dem Brotkasten gesammelt und nach den Rommé-Spielen musste Leon seine 50-Pfennig-Stücke in Ein-, Zwei- oder, wenn es gut für ihn gelaufen war, sogar in Fünf-Mark-Stücke tauschen. Fünf Mark, damit kam er zu der Zeit eine Woche aus.

Leon hatte sofort wieder das Motiv der kleinen silbernen 50-Pfennig-Münze vor Augen: Eine kniende Frau, die eine junge Eiche pflanzt. Leon interessierte es nie, wer dort eigentlich genau abgebildet war. Für ihn symbolisierte das Bild seine Oma, wie sie in den Vorgärten des Hauses ihre Blumen setzt.

Der Gedanke trieb Leon den kleinen Seitenaufgang hinaus auf die Rasenfläche zwischen den zwei Häuserblöcken, von denen auf der anderen Seite der Sackgasse nochmal zwei in der gleichen Anordnung standen. Das Gras war wie eh und je kurzgemäht und schloss sauber an den Blumenbeeten ab, die wie ein Band einmal rings um die Häuser verliefen. Der Block seiner Großeltern hatte früher mit Abstand das schönste und üppigste Beet. Denn das war das Reich seiner Oma.

Die trostlosen Sträucherreste und die klaffenden, wundengleichen Lücken zeigten der ganzen Nachbarschaft die Krankheit der Großmutter an. Der trockene, von einem saftigen Schwarz in ein nun fahles Graubraun gekippte Boden, die verstümmelten Strünke einst starker Stauden und die vereinzelten, phantasielos neugepflanzten Allzweckhecken waren ein Stich in Leons Herz. Dieser Anblick hätte seiner Oma sehr weh getan. Die Blumen waren ihr ganzer Stolz, ihr Projekt, in dem die kleine resolute Frau ihre Kreativität, Verletzlichkeit und Träumerei ausleben konnte, ohne dabei auf die Wahrung von Ordnung und Disziplin nach außen und nach innen verzichten zu müssen. Jeden Tag ackerte sie sich in ihrer Gartenschürze – das einzige Kleidungsstück, das dreckig werden durfte – die roten, orangenen, blauen, gelben und weißen Blüten entlang. Schnitt, goss und grub. Auf eigene Kosten, es war ihr ganz persönlicher Beitrag für die Nachbarschaft und zugleich die ganz eigennützige Verschönerung der Umgebung unter ihrem Balkon.

»Schau, wie viele unterschiedliche Farben und Formen es bei den Blumen gibt. Warum existiert das alles in dieser Vielfalt? Da hatte etwas Höheres Freude daran! Wenn alles nur zweckmäßig aus einem Wettstreit der natürlichen Evolution entsprungen wäre, hätte weniger doch gereicht«, hatte die Oma in einer der Religionsdiskussionen ihrer Tochter geantwortet, als diese provokativ nach Beweisen für die Existenz Gottes gefragt hatte. Und das obwohl Leons Mutter selbst auf einer katholischen

Nonnenschule gewesen war und es trotz aller Abkehr vom praktizierenden Glauben nie übers Herz gebracht hatte, aus der Kirche auszutreten. Ausgerechnet die erzkonservative Großmutter nutzte die bunte Blumenpracht, um dem Nachwuchs aus der Generation Flower Power einige ihrer Prinzipien des Lebens näherzubringen.

Leon musste an das kontrastreiche Foto seiner Großeltern im dunklen Anzug und im hochgeschlossenen Kostüm vor dem farbenfrohen Blumenfeld denken, das in seinem dunkelgrün gestrichenen Arbeitszimmer hing. Sein Vater hatte es anlässlich der goldenen Hochzeit geschossen. Wenn er Leon besuchte und das Bild entdeckte, konnte er sich sein »Ist auch 'ne Welt für sich« nicht verkneifen. Dieses dämliche süffisante Grinsen, als ob es scherzhaft gemeint sei. Aber dahinter steckte echte Abneigung gegen das »spießige Leben«. Diese pingelig geharkten und picobello angelegten Beete repräsentierten für ihn den Inbegriff bürgerlicher Fassade, die er im Vergleich zu seiner Arbeiterwelt des Ruhrgebiets als heuchlerisch und oberflächlich empfand. Leon glaubte, dass sein Vater die Schwiegereltern wirklich mochte, aber verabscheute, wofür sie standen.

Das hatte Leon von Anfang an wahnsinnig verletzt. Für ihn war diese Idylle keine künstliche vorgegaukelte, sondern hier war die Welt tatsächlich in Ordnung. Seine Großeltern standen für Ruhe, Verlässlichkeit, Vertrauen und Treue. Wie oft betrachtete er das besagte Foto und fragte sich, wütend auf seinen Vater und wütend auf sich selbst, sich von ihm so verunsichern zu lassen, ob die beiden Menschen darauf wirklich so glücklich waren, wie sie nach außen hin aussahen und wie er sie wahrnahm. Zufriedenheit, noch nach 50 Jahren Ehe, wer schaffte das heutzutage schon? Seine Eltern nicht. Er jedoch bisher auch nicht. Alle seine Beziehungen hatte er vergeigt. Lebenslange Monogamie sei unnatürlich, wurde sein Vater nie müde bei allen Diskussionen um Familienmodelle zu erklären. Ob seine eigene oder Leons Freundinnen verstummt daneben saßen, interessierte selten. Wer mit dieser bitteren Wahrheit ein Problem habe, mache sich nur etwas vor. Leon widersprach jedes Mal und handelte trotzdem genauso, jedes Mal.

Ablenkung, eine Pause von diesem ganzen Chaos um sich und in sich, genau das war diese Umgebung für ihn. Klar, vielleicht etwas kleinstädtisch und kleinkariert, andere wollten nichts als weg, er dagegen wollte hier hin, in die berühmte heile Welt, mochte sie seinetwegen so rosig womöglich gar nicht sein. Das war ihm egal, als kaputter als Berlin konnte sie sich nicht herausstellen. Leon schätzte es, dass wöchentlich die Bürgersteige gefegt, die Vorhänge gewaschen und die Autos poliert wurden. Die flachen Garagen, vor denen die Autos dann aufgereiht standen, rochen innen nach Benzin, Öl und Raumsprays unterschiedlichster Duftnoten. Der Garagennachbar seines Opas hatte einen riesigen, dunkelroten, rollbaren Werkzeugschrank, dessen glänzende Schraubenschlüssel Leon als Kind in ihren Bann zogen, so als funkele ihn da eine geöffnete Piratenschatztruhe mit Gold und Edelsteinen an. Der Großvater hievte ihn manchmal auf das Garagendach, damit er das Schauspiel vor den Metalltoren besser beobachten konnte. Und als er das

schwere Tor das erste Mal mit eigener Kraft laut quiet-
schend öffnen und nach oben drücken konnte, war das für
ihn ein Riesenerlebnis, jetzt gehörte er mit seinem Bob-
by-Car dazu.

An der Stange und den Gemeinschaftsleinen, die
mittig auf der Wiese zwischen den Häusern gespannt
waren, klopften die Frauen währenddessen die Teppiche
aus und hingen die Wäsche zum Trocknen auf. Leon
stibitzte dann zwei, drei Wäscheklammern und bastelte
mit Stöckern und Blättern irgendetwas aus ihnen. Und
wenn die Sonne schien, öffnete seine Oma nach getaner
Arbeit die Sonnenschirme auf dem Balkon und sie spielten zu dritt bei ein paar Gläsern Bluna eine Nachmittags-
partie Rommé. Oder Leon versuchte den Großeltern seinen Game Boy zu erklären, den er nach langem Gequen-
gel endlich zum Geburtstag bekommen hatte. Und obwohl sie nicht verstanden, was der ganze Pixel-Blödsinn
bei „Super Mario" oder „Tetris" überhaupt sollte, hörten
sie interessiert zu und erfreuten sich an seiner Freude.
Wenn die Oma »nach dem Abendessen sehen« musste,
ging er mit dem Opa – oft einfach per abenteuerlichem
Herabhangelns über die Balkonbrüstung – zu dem kleinen Sandkasten am Rand der Rasenfläche.

Die kleine Oase aus viereckig angeordneten Büschen, in
der Leon nun wieder stand, hatte sich kaum verändert.
Lediglich der Sand in dem mittigen Holzquadrat erschien
ihm etwas dunkler. Einige Äste trugen die rot leuchtenden Beeren, die sie früher sammelten, um daraus „Gift"
für ihre Indianerpfeile zu manschen. Wenn der Opa die

Pappkiste mit den Plastikschaufeln und -förmchen aus dem Keller holte und über die Wiese zum Sandkasten trug, kam manchmal ein Windstoß, der eine Strähne wie einen Mast erst hochwehte und darauf bis zum Kinn hinuntersacken ließ.

Die schmale Bank, auf der sein Opa stets Platz genommen und die Frisur gerichtet hatte, gab es ebenfalls noch. Wie sein Vorfahr dort glücklich saß, in sich ruhend, den Frieden seiner Umgebung sichtlich genießend, hatte in Leon besonders große Zuneigung ausgelöst. In diesen Momenten, in denen Leon ihn aus dem Sandkasten heraus beobachtete und sich sicher war, dass der Großvater dort zwar friedlich saß, aber keine Sekunde zögern würde, sich auf jeden zu stürzen, der Leon etwas antun wollen würde, empfand er neben dieser tiefen Liebe große Ehrfurcht vor diesem Mann. Er war zwar alt, aber er strahlte etwas aus, das jüngere Männer kaum mehr hatten und das Leon erst jetzt benennen konnte: die Erfahrung sich aus der Scheiße gekämpft zu haben.

Er hatte das Gefühl, dass sein Opa in diesen Augenblicken am Sandkasten ganz besonders dankbar und glücklich war, den Krieg überlebt zu haben, hier sitzen zu können und Vater wie Großvater geworden zu sein. Diese einfache vitale Schönheit, das simple Leben schätzen zu können, hatte Leon tief beeindruckt. Und zugleich verunsichert, denn auch wenn es sich töricht anhörte, in seinen Zwanzigern beneidete Leon seinen Opa für dessen unvorstellbare archaische Grenzerfahrungen. Er spielte mit Plastikwaffen oder Stöcken in Pistolenform, daddelte am Computer rum, sprang einmal von einem Bungee-Kran, aber nichts davon war wirklich echt oder gefährlich. Seine Herausforderungen bestanden aus Abi machen, einen Platz im Hochschulseminar ergattern, Sale-Angebote schießen und den Discountflieger nicht verpassen. Aber der Großvater hatte das, worüber sich Leons Eltern und deren Generation aus der zeitlichen Ferne aufregten, wirklich erlebt. Kugeln, Panzer, Angst, Gefahr, Überleben mit allen Mitteln. Er kannte den Gegenpol von diesem ruhigen Leben, und konnte es deshalb so genießen.

Leon hatte seinen Großvater nur ein einziges Mal laut erlebt. Das war gegenüber einem unverschämten Pflegedienstmanager nachdem die Familie das Fehlen einer Goldbrosche der Oma festgestellt hatte. Der Typ war nicht unfit und wirklich aggressiv. Doch als sich Leons Großvater mit einem energischen »Jetzt ist Schluss!« aufrichtete, lag ein waches abgeklärtes Leuchten in seinen Augen, die Dinge gesehen hatten, die der andere nur erahnen konnte und deshalb sofort mucksmäuschenstill wurde.

Nun setzte sich Leon auf die Bank. Der Sandkasten war leer, genauso wie die Wiese und das Sackgassenrondell. Keine spielenden Kinder, die Burgen bauten, Federbälle hin und her schlugen oder ferngesteuerte Autos gegen Herausforderer mit Tretroller, Fahrrad und Rollschuhen um die Wette fahren ließen. Wahrscheinlich hockten jetzt alle vor der PlayStation.

Dabei hatte Leon selbst damit angefangen, viel zu viel Zeit vor der Flimmerkiste zu verbringen, um all die Serien zu schauen, die das Kabelfernsehen mit sich brachte:

„MacGyver", „Starsky & Hutch", „Das A-Team", „Alf", „Bim Bam Bino". Leon erinnerte sich noch genau, wie sich eine Frau von der Hausverwaltung durch alle Wohnungen klingelte, um groß den Kabelanschluss und den Einbau der entsprechenden Buchsen in der Wand zu verkünden. Bei den Großeltern geschah dies sogar einige Monate eher als bei den Eltern. Zu Hause in Berlin hatten sie davor lediglich eine Schwarz-Weiß-Röhre mit zwei Drehrädchen für Lautstärke und Senderwahl, die sich auf drei Programme beschränkte: ARD, ZDF und SFB. Gucken durfte er nur Tierdokus (am liebsten die aus der afrikanischen Savanne), „Pumuckl", „Sesamstraße", „Wickie", „Die Sendung mit der Maus" und später manchmal die „Tagesschau" samt Fadenkreuz-Vorspann des „Tatorts". Wenn zu grausame Bilder in den Nachrichten gezeigt wurden, wie beispielsweise von der Rumänischen Revolution gegen Ceaușescu, sollte Leon sich die Augen zu halten. Natürlich schmulte er durch seine Finger und so sah er die kläglich verrenkte Leiche des Diktators nach dessen Erschießung. Aber es schockierte ihn überhaupt nicht, im Gegenteil, in den Jahren danach wuchs bei Leon die Überzeugung, dass man es mit Honecker genauso hätte machen müssen.

Was Leon dagegen viel mehr traumatisierte, war das Geiseldrama von Gladbeck ein Jahr zuvor. Wie der bärtige Gangster der jungen blonden Frau seinen Revolver an den Hals drückte und sein ebenfalls bärtiger Kompagnon sich hinter einem Mädchen verschanzte, hinterließ Kratzer in Leons Innerem. Nächtelang, insbesondere wenn seine Eltern ausgingen, plagten ihn Albträume und er konnte nicht schlafen – vorbei die Romantik eines „Räuber Hotzenplotz". Hinter jedem Mann mit Bart sah er lange Zeit einen potentiellen Verbrecher, Entführer oder Kinderschänder, vor denen sie im Kindergarten ständig gewarnt wurden. Warum haben die Polizisten diese Typen in Gladbeck nicht abgeknallt? Die standen da öfters völlig frei herum? Leon konnte es nicht begreifen.

Abseits der grausamen Realität erlaubten Leons Eltern ihm nach langen Diskussionen und Verweisen auf die Freunde schließlich den „Disney Club" zu gucken. Eine Moderatorin der Kindersendung arbeitete später beim ZDF-„Auslandsjournal". Während Britney Spears, die beim amerikanischen „Mickey Mouse Club" moderierte, mit ihrem Vater um ihre Vormundschaft kämpfte und spooky Fotos bei Insta postete. Das sage schon alles über die USA und die BRD, musste Leon schmunzeln. In diesem Moment vibrierte seine Hosentasche.

»Wo bist du denn?« raunte ihn seine Mutter durch das iPhone an. »Du kannst doch nicht einfach abhauen. Wir wollen jetzt zur Oma fahren.«

»Ich laufe zum Heim, ist ja gleich um die Ecke. Wir sehen uns dort«, antwortete Leon.

»Na gut, wir holen auf dem Weg noch Kuchen, so dass wir relativ zeitgleich ankommen sollten. Zimmer 111.«

Leon stand auf, lief zur Sackgasseneinfahrt, bog nach rechts ab und schlenderte an den Tommy-Häusern entlang. Am Ende der Straße lag der von großen Kiefern bewachte Zugang zu einem kleinen aber dicht bewachsenen Waldstück, das sich seitlich der Siedlung erstreckte.

Anfangs hatte Leon Angst vor diesem dunklen Loch, er dachte wirklich, dass dort Hexen wie bei „Hänsel und Gretel" wohnten oder gefährliche Tiere wie Bären und Wölfe auf Opfer warteten. Gleichzeitig wurde er von diesem Ort magisch angezogen, wie von einem Tor in eine andere Welt jenseits der Reihenhäuser und Flachdachbauten. Und mit den Jahren wurde daraus sein Lieblingsort, wo er gerne mit seiner Mutter und den Großeltern spazieren ging. Sein Opa zeigte ihm auf den schmalen Pfaden, wie man einen Hut richtig aufsetzt und zum Grüßen lüftet. Warum der Opa seinen Schal aber nie richtig um den Hals wickelte, sondern lediglich vom Nacken herabfallen ließ und einmal vor der Brust kreuzte, so dass man Kragen und Krawattenknoten noch sah, verstand Leon nicht; so wärmte der Schal doch gar nicht, die halbe Gurgel lag ja frei. Gemeinsam zählten sie die Nacktschnecken und Leon war jedes Mal tottraurig, wenn er eine zertrampelte oder von Rädern zerquetschte entdeckte. Zur Aufmunterung nahmen seine Mutter und sein Großvater ihn an den Händen zwischen sich und schaukelten ihn mit Schwung nach vorne in die Luft.

Ungefähr in der Mitte des Waldstücks verlief ein Bach, auf dem Enten schwammen und der an einer abschüssigen Stelle einen winzigen Wasserfall bildete. Respektvoll hatte Leon früher als kleiner Junge über die niedrige, zum Schutz hochgezogene Steinmauer in die rauschende weiße Gischt geschaut und ins Wasser geworfene Stöcke beobachtet, wie sie mit den Strudeln und Strömungen kämpften.

Jetzt könnte Leon locker in dem seichten Strom stehen. Die Enten gab es immer noch, genauso wie Brotreste verteilende Damen. Ein Glück hatte seine Oma so einen Schwachsinn nie gemacht. Am Ende eines kleinen Sees, der durch den Bach gespeist wurde, warteten wieder die Häuser. Manche Besitzer schienen die Dächer neu gemacht zu haben, von denen einige Exemplare in diesem ganz schrecklichen Lapislazuli-Blau schimmerten und von noch furchtbareren Gärten aus Kies und Steinplatten umgeben waren.

Bald gelangte Leon auf die Hauptstraße. Der Jibi-Supermarkt war nun ein Discounter, der Heidelbeeren im Angebot für 1,99 Euro hatte. Die aß Leon gerne zwischendurch, wenn ihn der Appetit packte. Seine Mutter brachte ihm jeden Sommer tütenweise welche von den kleinen Berliner Obstständen am Straßenrand mit. Er ging in den Supermarkt, schnappte sich ein Schälchen und lief zu den Kassen. Die Schlangen reichten bis in die Gänge. In den engen Sitzkabinen erhaschte er einige wild hantierende Hände und überfordert wirkende Gesichter.

Ein älterer Herr, hinter dem sich Leon angestellt hatte, schimpfte unverständlich leise vor sich hin. Als kurz darauf eine zusätzliche Kasse ausgerufen wurde und deren Nummer aufblinkte, scherte der Mann hastig mit seinem vollbepackten Einkaufswagen aus und lieferte sich ein gnadenloses Wettrennen mit anderen herbeieilenden Kunden. Leon schaute in ein müdes blutjunges Gesicht, als er an der Reihe war. Der Kassierer zog das Heidelbeerschälchen etwas unbeholfen über den piepsenden Scanner.

»Das ist im Sonderangebot«, sagte Leon irritiert von den angezeigten 2,49 Euro.

»Ich finde nirgends einen reduzierten Preis«, stöhnte der Jugendliche leicht verzweifelt, während er in einem aufgestellten, in Plastik eingeschweißten Verzeichnis und in augenscheinlich privaten Kritzelnotizen herumblätterte. »Könnten Sie vielleicht nochmal nach dem genauen Betrag schauen?«

»1,99 steht vorne am Eingang. Dafür brauche ich nicht erneut zur Auslage tingeln, während alle warten müssen!« erwiderte Leon scharf.

»Die gesamte Kassenreihe besteht heute aus Externen«, erklärte der Mitarbeiter mit entschuldigendem Blick und nickte mit seinem Kopf hinter sich, wo geschätzt 18- bis 22jährige in Polohemden und Schürzen an den anderen Bändern saßen. »Wir sind für den heutigen Tag ausgeliehen und alle das erste Mal hier.«

Wanderarbeiter 2.0, dachte sich Leon und bekam aufgrund seines vorherigen harschen Tons ein schlechtes Gewissen. »Auf die paar Cent gepfiffen, nehmen Sie einfach den normalen Preis«, sagte er und wollte den Laden so schnell wie möglich verlassen.

Wieder draußen angekommen, erwartete Leon die Heidelbeeren naschend hundert Meter weiter eigentlich auf eine örtliche Institution zu treffen, doch über der „Gaststätte Müller" hing ein neues Schild: „Griechisches Restaurant Olymp". Es schnürte Leon die Kehle zu. Wie lange war er nicht mehr durch den Ort spaziert? Sie hatten vor lauter Krankheit und Trauer wirklich im wahrsten

Sinne des Wortes in der Sackgasse gesteckt, was diese erstmalig negativ erscheinen ließ.

„Müller's" war nicht irgendeine Gaststätte, es war *die* Gaststätte. Die urige Holzbar war nicht nur Tresen und Zapfstation, sondern beherbergte auch in Reih und Glied unzählige glänzende Gläserarten für Wein, Likör, Weinbrand, Sekt, Korn und, und, und. Allein sechs verschiedene Formen von rundlich bis länglich warteten stehend oder hängend darauf, mit dem jeweils dazugehörigen Bier befüllt zu werden. Seitlich direkt am Tresen befand sich eine kleine höhergelegene Sitzecke, in der grundsätzlich ein älterer Herr im dunkelgelben Licht der tief baumelnden Lampenschirme saß, genüsslich rauchte und ein Pils mit perfekter Blume vor sich stehen hatte. Das war die Ur-Bar. Alle neuen Kneipen, Pinten und Schenken verglich Leon mit diesem heiligen Ort hinter der schweren braunen Eingangstür mit den drei diagonal angeordneten Bullaugen.

Seine Großeltern hatten bei Familie Müller jeden runden sowie jeden Fünfer-Geburtstag gefeiert und dazu den hinteren großen Festsaal gemietet. Bis zu 80 Leute saßen dann an der zu einem großen U zusammengestellten Tafel, Oma und Opa in der Mitte, daneben Leon und seine Eltern. Aufgefahren wurden alle möglichen Varianten von Braten, Kartoffeln und Kraut. In der Mitte wurden den ganzen Abend humorvolle, mit Anekdoten gespickte Lobpreisungen vorgetragen und selbstgebastelte Geschenke überreicht, die hauptsächlich aus kunstvoll zusammengeschobenen Fotos, Geldscheinen und Blumen bestanden. Leon musste am nächsten Tag immer alles feinsäuberlich auseinanderfalten, zählen und seinem Großvater fürs Protokoll der Dankeskarten die Beträge und Schenker ansagen.

Zu späterer Stunde saß bei solchen Festen keiner mehr auf seinem Platz. Ständig machten Doppelkornflaschen, Steinhäger und Zettel mit liebevoll auf das Geburtstagskind umgedichteten Liedtexten die Runde. Besonders die zahlreichen Geschwister von Leons Oma waren leidenschaftliche Sänger und Schnapseinschenker. Für Leon waren das alles seine Onkel und Tanten, und deren Kinder waren alle seine Cousins und Cousinen, egal in welchem Grad sie zueinander standen. Und wenn die Onkel so richtig anfingen zu schmettern, nahmen sie eine besonders gerade Haltung ein, mit breiter geschwollener Brust und leicht nach unten geneigtem Kinn. Die Unterkiefer gingen bei manchen Zeilen ein Stückchen zur Seite, wodurch die angespannten Lippen etwas versetzt, ja fast schief aussahen: »Bald ist wieder Samstag, dann ist wieder Tanztag. Ich freu mich so, ich freu mich so! Rätätä, rätätä, morgen tut der Schädel weh! Rätätä, rätätä, Schädelweh ist schön!«

Die Feiern waren legendär und die Großeltern berüchtigte Stimmungsgranaten, wie Leons Verwandte bis heute anerkennend schwärmten. Seine Mutter hatte bei sich in der Wohnung mehrere Fotos von Karnevalspartys wie einen Zeitstrahl hängen: Leons Großeltern inmitten zuprostender Freunde als Rotkäppchen und böser Wolf, als Clown und Pirat, als Matrose und Maler. Die beiden hatten sich Mitte der Dreißiger beim Karneval kennengelernt, die fünfte Jahreszeit war seitdem etwas Besonderes.

Leon musste lachen, hatte er doch letztens ein Interview mit irgendeinem rechten Publizisten gelesen, in dem dieser Feiern und Alkoholtrinken als Weg in den liberalen Werteverfall und den hedonistischen Nihilismus verurteilte. Das hätte er ja mal mit Leons Großonkeln besprechen können, allesamt Veteranen des Zweiten Weltkriegs und Familienväter.

Einmal, da war die Party bereits zu Ende und die Kellnerinnen in ihren weißen Blusen und schwarzen Röcken waren nach Hause gegangen, aber die Onkel wollten weiterfeiern. Also stürmten sie einfach die Bar, klopften den Wirt wach, der oberhalb der Gaststätte wohnte, und redeten so lange auf ihn ein, bis er ein frisches Bierfass aus dem Kühlkeller holte und anschloss. Wie sie in ihren dunklen Anzügen mit den gelockerten Krawatten am Tresen standen, das Bier selbst zapften, untereinander verteilten und Arm in Arm laut sangen: Leon wäre diesen Männern überallhin gefolgt.

Als sie danach auf den Parkplatz in das fahle Licht einer einsamen Straßenlaterne schritten, warteten die Tanten müde aber eingespielt in einer Flotte E-Klassen des örtlichen Mercedes-Händlers. Seine Onkel setzten sich unter dem resignierten Kopfschütteln seiner Mutter wie selbstverständlich in die beim Schlüsselumdrehen aufleuchtenden Cockpits als brächen sie zu einem Feindflug oder einem unbekannten Planeten auf und brausten davon.

Ein Lieferando-Fahrer in voller orangefarbener Montur kam aus der neuen weißen Tür des griechischen Restaurants und schwang sich auf sein E-Bike. In Berlin machten das vielfach Schwarzafrikaner, Südamerikaner, Asiaten oder Hipster, und die hatten meistens ausgelutschte Mountainbikes zur Verfügung. »Die neuen Tagelöhner«, sagte sein Vater immer. Auf der Hinfahrt hatte Leon ihm kurz per WhatsApp geschrieben und den neuesten Stand durchgegeben, aber bisher keine Antwort bekommen, wie ein Blick aufs Handy verriet. Wahrscheinlich düste er durch Brandenburg, wohin er mit seiner neuen Lebensgefährtin Sabine gezogen war, und hatte mal wieder keinen Empfang. Seitdem er wie Leons Mutter in Pension gegangen war, reiste er ohnehin die Hälfte des Jahres in Südeuropa umher.

Diese märkischen Straßendörfer waren eine andere Welt im Vergleich zu Ostwestfalen, dachte sich Leon, während er in Richtung Altenheim lief. Vor einem Haus stand ein heiterer Tross Männer in Schützenuniformen und feuerte einen jungen langen Lulatsch an, der gerade eine Holzleiter Richtung Giebel hinaufstieg, sichtlich bemüht die Schützenscheibe in den Händen nicht zu verlieren. Leons Uropa, der Vater der Oma und der Patriarch der Sippe wurde zweimal Schützenkönig. Sowieso musste der Uropa ein Mordskerl gewesen sein, fast zwei Meter groß und Hände wie Pfannen, über 150 Nachkommen, ein richtiger Clan. Nur dass die Mitglieder im Vergleich zu anderen Großfamilien alle brav arbeiteten und Steuern zahlten – angesichts dessen vielleicht sogar zu brav. Leon hatte seinen Urgroßvater nie kennengelernt, er kannte nur einige Fotos, wie das mit Leons Mutter auf dem Schoß oder das vom Volkstrauertag mit dem Eisernen Kreuz aus dem Ersten Weltkrieg an der Frackjacke. Zu seiner Beerdigung, so erzählte es die Mutter, zog sich der Trauerzug über hunderte Meter durch die gesamte Ortschaft.

Leons Großvater konnte indes mit dem Schützenwesen nicht wirklich viel anfangen. Waffen waren für ihn nach dem Zweiten Weltkrieg tabu. Wenn er davon sprach, dass »Waffen nur Leid anrichten« und »Krieg das Schlimmste ist, was es auf der Welt gibt«, sah Leon in den Augen des Opas eine Art Beben. Und er glaubte ihm, während er seinen ungedienten Vater und seine Lehrer nie ernst nehmen konnte, wenn sie so etwas sagten. Trotzdem oder genau deswegen legte sich Leon ein umfangreiches Arsenal an Spielzeugwaffen zu: Revolver in allen Größen, mit denen er übte schneller zu ziehen als sein Schatten so wie „Lucky Luke"; eine Beretta, bei der man sogar das Magazin herausnehmen konnte; und dieses typische Wildwest-Gewehr mit dem Nachladebügel über dem Abzug. Das alles musste er sich natürlich von seinem Taschengeld selbst kaufen, weil die Eltern »das blöde Geballer« nicht unterstützen wollten. Pfeil und Bogen und einen Plastik-Tomahawk bekam er allerdings zur Faschingsfeier für sein Indianerkostüm geschenkt. Wahrscheinlich eine Art Anerkennung für die indigenen Völker und ihre vermeintlich mehr Geschick fordernde und aus Naturprodukten geschaffene Waffentechnik. Aber immerhin: Heutige junge Eltern können ihren Nachwuchs ja nicht mal mehr als Indianer verkleiden.

Auf jeden Fall hatte Leon jegliche Waffentechnologie zu Hause, die man aus Kunststoff herstellen konnte, und alle Sorten an Munition. Die kleinen 8-Schuss- und die großen 12-Schuss-Plastikringe, die Papierrollen mit 100 Schuss, die aber unpraktisch waren, weil das dünne Papier sich ständig ladehemmend verknitterte und dadurch viele Schüsse nicht zündeten. Sein Schmuckstück war eine auf dem Spielplatz im Stadtpark getauschte Pistole im Look des klassischen amerikanischen Armee-Colts, bei der man, wie bei einer echten, den Schlitten zurückziehen musste um den 12er-Streifen laden zu können. Einziges Manko war der signalrote Verschluss des Laufs, um die Pistole als Spielzeug zu kennzeichnen, weil sie sonst zu echt wirkte. Den Pfropfen schnitt Leon kurzerhand mit einer Solingen-Nagelschere der Mutter aus dem Lauf heraus.

III

Das Altenheim erhob sich in Form eines überdimensionierten Einfamilienhauses am Ende der Straße. Rainers Wagen parkte zwischen einem Audi und einem Krankentransporter, ansonsten war der Parkplatz leer. Gerdas Motorrad war nirgends zu sehen, sie war wahrscheinlich noch in der Wohnung oder bereits nach Hause gefahren. Vor dem Schiebetüreneingang saß eine ältere hagere Dame auf ihrem Rollator, umringt von mehreren jüngeren, aber dennoch die 70 überschrittenen, augenscheinlichen Besuchern. Alle in grauen Bundfaltenhosen und beigen Multifunktionswesten mit lauter Taschen und Laschen. Woher stammte der Herdentrieb, sich diese „greige" Seniorenuniform zu kaufen? Bekam man mit seinem Rentenbescheid ein lebenslanges Abo und einen Rabattcode für einen entsprechenden Bekleidungskatalog? Seine Eltern kleideten sich glücklicherweise nicht so und würden es auch niemals tun, da war Leon sich sicher.

Er betrat das Gebäude. Die Türen und Gänge waren alle breit gebaut. An den hellgelben Wänden hingen oberhalb einer hölzernen Planke gegen Bettenstöße ziemlich kitschige christliche Motive. Es roch an einigen Stellen nach Desinfektionsmittel und Fäkalien gleichzeitig. An einer offenstehenden Bürotür hing ein Gebäudeplan mit den Zimmernummern in extragroßer Schrift wie bei diesen Seniorentelefonen mit den XXL-Tasten, die jedem Betrachter das Gefühl gaben, wieder ein Baby zu sein. Der rechteckige Raum schien eine Art Kommandozentrale für den kaufmännischen Bereich zu sein, hier wurden also Lebensabende verwaltet und organisiert. Die LED-Lampen strahlten ein unbequemes weißbläuliches Licht mit dem Charme eines OPs aus. In der Mitte standen zwei gegenüber aneinandergestellte Schreibtische. Auf dem einen wachte eine spärliche Pflanze, die einsam und verloren erschien zwischen den mattweißen Computerbildschirmen und dem grauen Linoleumboden. Sie erinnerte Leon an den Actionfilm mit seinem Namensvetter, „Leon der Profi", in dem Jean Reno kaum etwas besitzt bis auf eine Zimmerpflanze. Rechts an der einen Wand erhob sich ein Metallaktenschrank, links an der anderen eine lange Pressspankommode in Buchenholzoptik, darüber eine mit kleinen Zetteln und DIN-A4-Blättern zugekleisterte Pinnwand und ein großer Jahreskalender mit vielen neongrünen, gelben und orangenen Markierungen.

Die Arbeitsflächen waren mäßig aufgeräumt, Tacker, Locher und Post-its lagen zwar akkurat an den oberen Tischkanten aufgereiht, aber die drei übereinander gestapelten braunen Plastikablagen waren jeweils bis oben hin voll mit Papieren. Vor ihnen standen eine Handvoll leerer Einwegbecher mit getrockneten bräunlichen Tropfenflecken. Auf einem Berg aus Heftern und Notizen lag eine offene Tupperbox mit zwei übereinandergelegten halbrunden Graubrotscheiben darin. Auf dem Boden neben den Tischbeinen erkannte Leon hellere Abdrücke, als ob sich dort bis vor kurzem noch andere, massivere Schreibtische befunden hatten. Am Kunstlederbürostuhl lehnte eine aufgeklappte schwarze Kastenaktentasche mit abgeriebenem Henkel.

Allerdings war kein Pfleger zu sehen, auch auf dem

Hauptflur nicht, dem Leon folgte. In einem kleinen Gemeinschaftsraum saßen mehrere Greise an Vierertischen mit ovalen roten Platzsets. Eine alte Dame im Rollstuhl versuchte sich gerade eine Schnabeltasse mit ihrer zitternden Hand an den Mund zu führen und beugte sich dabei mit leicht gespitzten Lippen nach vorne als wolle sie jemanden küssen. Es war zum Heulen.

Endlich erreichte Leon Zimmer 111, klopfte und trat nach kurzem Warten ein, ohne Antwort erhalten zu haben. Links an der Wand stand das Bett der Großmutter, ähnlich jenem in ihrer Wohnung, nur noch wuchtiger. Davor hatten sich Leons Mutter und Rainer zwei Stühle der Sitzgarnitur aus der Raummitte zurechtgestellt.

»Mein Junge", sagte die Großmutter mit schwacher Stimme, die durch den einen herunterhängenden Mundwinkel im Vergleich zu früher nuscheliger klang. Sie hob leicht ihren rechten Arm und streckte ihre knochigen Finger aus. Die filigrane Goldarmbanduhr, die einst ein wenig in die Haut eingeschnitten hatte, klapperte locker am Handgelenk.

»Hallo Oma, wie geht es dir?« kam Leon ihr entgegen und umarmte sie auf ihrer Matratze. »Hast du den Einzug gut überstanden?«

»Ja, aber ich konnte gar nicht helfen«, antwortete sie und friemelte an ihrem linken gelähmten Arm herum, der wie ein fremder Gegenstand auf ihrem Bauch ruhte. »Die Phantomschmerzen in den Beinen sind wenigstens weg.«

Aus ihren hellblauen Augen, die sie mitsamt der hohen Stirn an ihre Tochter und Leon weitervererbt hatte, strahlte demütige Entschlossenheit, selbst hier und jetzt.

Was sollte auch dieser phrasenhafte Smalltalk, dachte sich Leon, von der Situation total überfordert. Niemals würde seine Oma laut wehklagen. Sie war, und das wurde ihm wieder bewusst, wirklich die taffste Frau, wenn nicht sogar die taffste Person, die er kannte. Bei all diesen Narrativen von armen unterdrückten Frauen in ihrem Gefängnis des traditionellen Patriarchats musste sich Leon ohnehin totlachen, wenn er an seine Großmutter dachte. Sein Opa, ach irgendein Mann auf dieser Welt hätte ja mal versuchen sollen, seiner Oma irgendetwas vorzuschreiben. Viel Glück hätte er demjenigen gewünscht und zu der vermeintlich hilflosen, ohne Feminismus ja völlig aufgeschmissenen Frau durchgelassen; mit der Gewissheit, kurz darauf ein an dem ostwestfälischen Sturkopf zerbrochenes Männlein wiederzusehen. Seine Oma hatte nicht den Haushalt für ihren Ehemann oder für irgendwelche ihr angeblich aufoktroyierten Rollenbilder geschmissen, sondern weil sie es so wollte. Sie war das Regime in der Familie, nicht nur in den eigenen vier Wänden.

Sie hatte sich nach dem Krieg mit Heimarbeit alleine durchgeschlagen, dann ihren von TBC gezeichneten Mann nach dessen Entlassung aus der Kriegsgefangenschaft aufgepäppelt, den Laden am Laufen gehalten und dieses Kommando nie abgegeben und nebenbei bis in die Siebziger gearbeitet. Wie viele Frauen hatte Leon schon kennengelernt, die große Reden schwangen von Beruf und Karriere, und die es nach dem ersten Kind plötzlich nicht mehr so eilig hatten in den Job zurückzukehren. Allein bei ihm auf Arbeit gab es drei Kolleginnen, die es gar nicht erwarten konnten, sich endlich einen gut verdienenden Mann an Land zu ziehen. »Denkst du ernsthaft, ich will hier ewig nine to five sitzen«, hatte ausgerechnet die Leiterin der betrieblichen Initiative für Frauen in Führungspositionen ihm zugelacht, als sie von ihrem Bumble-Date mit einem Chirurgen erzählte.

Leons Großmutter hatte in einem Alter angefangen zu arbeiten, da bekamen moderne Powerfrauen noch Taschengeld von Papa. Sie war das lebende Navi im Auto, das sagte wann, wohin und wo lang ihr Mann fahren sollte, sie war das Navi in der Ehe. Sie verwaltete in ihrem Kopf den Geburts-, Namens- und Ehrentagskalender. Sie erinnerte ihren Mann bei der allmorgendlichen Routine des Briefeschreibens und Kreuzworträtsellösens am kleinen Küchentisch, während sie das Essen vorbereitete, an die zu berücksichtigenden Personen, Jubiläen und Amtsformulare. Sie war das Hirn, er die Arme, zusammen waren sie ein Körper, eine äußerst effektive Symbiose. Als die Augen seines Großvaters zunehmend schlechter wurden, übernahm seine Großmutter das Gucken in kniffeligen Situation; auch im Verkehr, wie Leon und seine Mutter oft verärgert beobachteten.

Sie ging nicht jede Woche zum Frisör, um sich für den Gatten schick zu machen oder um überbewerteten Werbeplakaten entsprechend vorzeigbar zu sein. Sie pflegte ihre Frisur – seit Kindertagen die gleiche: die langen Haare geheimnisvoll eingerollt und kunstvoll nach oben drapiert – weil das eben sie war, egal was Eltern, Lehrer, Vorgesetzte, die Mode oder eben selbsternannte Frauenrechtler sagten; von der Weimarer bis zur Berliner

Republik. Niemals hätte ein Mann, diese Vorstellung war geradezu lächerlich, bewirken können, dieses Markenzeichen oder ihre Haushaltsroutine zu verändern; nicht einmal der Pfarrer, die vielleicht größte Instanz.

Und deshalb war als sie bettlägerig wurde, das Ziehen der Haarnadeln aus diesem vor Berührungen abgeschotteten Kunstwerk, das daraufhin zusammenfiel wie kurz zuvor ihr Körper, der schlimmste Moment für Leon. Nicht einmal die Kriegszeit hatte ihre Frisur zerstören können und nun lagen seine Oma und ihr langes silbergraues Haar auf diesem riesigen Kissen als würde man ihr Wesen zwangsverändern wollen. Aber eben genau dies gelang nicht. Ihr Äußeres mochte verfallen, ihr Inneres war jedoch intakt. Und genau damit war sie trotz ihrer Hilfslosigkeit dem Zeitgeist und der aktuellen Gesellschaft, in der es genau andersherum war, haushoch überlegen.

»Hast du schon gesehen? Mama hat Kuchen mitgebracht«, sagte Leon und setzte sich mit dem dritten Stuhl an das Kopfende, während seine Mutter und Rainer auf einem kleinen runden Tisch anfingen, die vollen Papp-Rechtecke von dem drum herumgewickelten Papier zu befreien. Die Oma blinzelte schläfrig mit den Augenlidern. Ihr Gesundheitszustand schien sich tatsächlich verschlechtert zu haben, rapider als Leon auf den ersten Blick erkannt hatte.

»Lassen wir sie lieber schlafen«, sagte die Mutter und strich der Oma zärtlich über die eingefallenen Wangen. »Das war bestimmt alles sehr anstrengend für sie, die Visite des Arztes, der Umzug, das Eingewöhnen.«

Leon fiel auf, dass auch seine Mutter müde wirkte, die seit Monaten dunkler werdenden Augenringe waren mittlerweile fast lilablau. Die vergangenen Wochenenden war sie hin- und hergefahren, hatte in der Wohnung der Großeltern auf einem Klappbett geschlafen, das sie sich abwechselnd mit Gerda teilte. Wenn Leon mitgekommen war, schlief er auf der Couch. Das große Ehebett trauten sie sich beide nicht zu benutzen. Durften sie überhaupt ruhig schlafen angesichts des Elends? Nur in Berlin bekam Leon hin und wieder ein Auge zu, sonst hätte er seine paar Arbeitsschichten nicht durchgestanden. Er versuchte dann den ganzen Stress zu vergessen, zog sich in seine Wohnung oder in späte Drehtermine zurück und ging teilweise bei Anrufen der Mutter nicht mal an sein Handy, selbst wenn er wusste, dass sie ihn an die Oma weiterreichen wollte. Da war es wieder, Leons schlechtes Gewissen, das seinen Nacken und seinen Magen verkrampfen ließ. In den letzten Monaten hatte er es häufig verdammt, dass seine Mutter und er Einzelkinder waren.

»Was sind jetzt eure Pläne?« fragte Leon in Richtung seiner Mutter. »Du wolltest mit der Heimleitung und der Versicherung sprechen. Mach das doch und versucht euch zwischendurch etwas auszuruhen. Ich kann ja bleiben.«

»Okay, wir telefonieren und kommen nochmal rein, wenn wir dich später abholen«, antwortete seine Mutter und griff nach zwei Stücken Erdbeerkuchen, die sie mitnahm.

Nun waren sie zu zweit, die Oma atmete bereits tief und regelmäßig. Leon war ebenfalls geschafft. Er rückte mit seinem Stuhl ganz dicht an ihr Bett und legte sich mit seinem Kopf und der einen Schulter auf ihre halbwegs gesunde Seite, mit der sie noch etwas spüren konnte – wenigstens einmal mit ihr kuscheln wie früher mit dem Leopardenkissen auf ihrem Schoß. Leon schloss die Augen und sie waren wieder im Wohnzimmer der Großeltern. Es roch nach den honigfarbenen Bienenwachskerzen, die er auf dem Rixdorfer Weihnachtsmarkt für sie gekauft hatte.

Sie hatten etwa eine halbe Stunde geschlafen, aber das reichte, um neue Kraft zu schöpfen. Leon merkte, dass auch die Gesichtszüge der Oma wacher und frischer erschienen.

»Möchtest du ein Stück Kuchen?« fragte er.

»Gern, mein Junge.«

Leon stellte mit der Fernbedienung des Bettes die Rückenlehne ein bisschen senkrechter auf und positionierte das Kissen der Großmutter hinter ihrem Rücken neu. Er klappte den kleinen Tisch aus dem Rollwagen aus und schob ihn mit einem Teller samt Kuchen darauf in ihre Reichweite.

»Das sieht gut aus«, sagte die Oma und fing an, mit langsamen, aber erstaunlich kontrollierten Gabelbewegungen den Kuchen in kleine Portionen zu zerteilen und zu essen. Leons Stück schmeckte großartig, schließlich hatte er nicht zu Mittag gegessen. Er ließ seinen Blick durch den Raum wandern. Das hier sollte es also nach einem Jahrhundert sein: Ein Bett, ein Schrank, ein Tisch mit vier Stühlen und natürlich die zwei Taschen, die seine

Mutter und Rainer heute mitgebracht hatten mit Nachthemden, eigenen Decken und Schals, einem Hefter mit den wichtigsten Unterlagen sowie einigen Fotoalben.

»Wollen wir einen Spaziergang machen?« fragte er spontan, als er ihren Rollstuhl in der Zimmerecke entdeckte, und ließ der verdutzten Frau gar keine Zeit zu antworten. »Du wirst sehen, die frische Luft wird dir gut tun.«

Mit geübten Griffen hob Leon die Oma in den Sitz zwischen den zwei großen Reifen und wickelte geschickt eine Decke um sie. Der Stoff musste nicht nur alle freien Stellen wärmend bedecken, sondern zudem eine Art stützenden Keil bilden, damit seine Oma mit ihren Beinstümpfen nicht aus dem Rollstuhl rutschte. Auf den Fluren war noch weniger los als vorhin. Hatte Leon für Zivildienstleistende früher ein gewisses Maß Spott übrig, so empfand er seit einigen Jahren großen Respekt vor ihnen. Allein für dieses Engagement an den Mitmenschen lohnte sich die Wiedereinführung der Wehrpflicht, allerdings bitte wirklich für alle, oder am besten gleich eine einjährige Dienstpflicht für Männer wie Frauen.

Die Schiebetür passiert, schob Leon seine Großmutter die Einfahrt des Altenheimes hinunter bis sie die Hauptstraße erreichten. Die Oma saß ganz still und Leon meinte von hinten die Ausläufer eines Lächelns auf ihren Wangen zu erkennen. Sie kamen an einen eckigen Gebäudekomplex mit einigen Läden und einem kleinen Parkplatz, die Mini-Fußgängerzone der Nachbarschaft. Den Blumenladen, in dem sie stets die Gestecke für Beerdigungen, Hochzeitstage und Geburtstage bestellten, existierte noch, die italienische Eisdiele zu Leons großer Enttäuschung leider nicht mehr. Stattdessen blinkten die pinken Werbeleuchten des „Princess Nails Studio" auf sie herab. Eigentlich wollte Leon mit seiner Großmutter wie einst Spaghettieis essen; sie mit Sahne, er ohne, aber dafür mit extra viel Erdbeer-Tomatensoße und weißen Schoko-Parmesanflocken. Als die Oma laufen konnte, war das bei jedem Besuch ihre feste Verabredung für den ersten Tag. Sie schlenderten durch die ruhigen Straßen, vorbei an den Einfahrten, Grünflächen und einfachen Kästen der Wiederaufbauprogramme, setzten sich in die mit bunten Kissen ausgelegten Café-Plastikstühle, genossen ihre Eisbecher und quatschten mit der Betreiberfamilie, die als Gastarbeiter in die Bundesrepublik gekommen waren, über das Wetter, den Heckenschnitt und die Schulferien. Szenen wie aus einem Prospekt „Die 50er und 60er Jahre in West-Deutschland", nur dass es die Achtziger und Neunziger waren – die Zeit schien hier gelegentlich stehen geblieben zu sein. Nun holte sie auf.

Auf der anderen Seite des nie ganz gefüllten Parkplatzes erstreckten sich in einer Ladenzeile eine Sparkasse und ein „China Restaurant", in dem sie früher öfters essen waren. So ein Süß-Sauer-Chinese, wie sie halt aussahen, bevor überall Slow-Food-Vietnamesen, koreanisches BBQ oder trendige Ramen-Läden aufgemacht haben. Innen war alles mit Holzschnitzereien verkleidet und mit goldenen Drachen und roten Schirmchen verziert, so wie sich Europäer Essengehen in China vorstellten.

Skurrilerweise hatte Leons Großvater ausgerechnet hier, kurz bevor er starb, zum ersten und einzigen Mal vom Krieg berichtet, aber Leon würde es niemals vergessen. Wie sie da saßen, die turmhoch gefüllten Schalen auf den Warmhalteplatten in der Tischmitte, im Hintergrund eine auf asiatisch gefiedelte Akustikversion von Rod Stewards „Sailing", fing der Opa urplötzlich an zu erzählen als müsse jetzt unbedingt etwas raus, das seit Jahrzehnten darauf wartete.

»Diese fruchtige Soße des Gerichts, das ich jedes Mal esse, erinnert mich an meine Gefangennahme im Zweiten Weltkrieg«, sagte er mit ruhiger Stimme.

Völlig unvorbereitet, den Mund voller Reis, wussten weder die Mutter noch Leon wie sie sich verhalten sollten. Doch Leon nahm die Gunst des Moments wahr und hörte einfach zu. Nach der Landung der Alliierten in der Normandie wurde die Einheit des Großvaters, zu der er erst kurz zuvor nach schwerer Krankheit in Russland und Genesung im heimischen Lazarett versetzt wurde, in Richtung Küste verlegt, wo sie nie ankam.

Am Rand einer kleinen Ortschaft bewegten sich die Reihen durch mehrere Obstgärten als sie unter Beschuss gerieten. Die Granaten detonierten inmitten der Deckung suchenden Männer, rissen Arme und Beine ab. Die Explosionen und umherfliegenden Splitter fällten in Wolken aus Holzspänen die Apfel-, Pflaumen- und Birnenbäume und zerfetzten die dahinter kauernden Soldaten. Überall matschige Därme und Früchte. Leon versuchte sich die Angst vorzustellen, die schreienden, rennenden und fallenden Kameraden, und die durch die Luft zischenden, glühend heißen und an den Kanten scharfen Metallstücke, welche die massiven Baumstämme durchschlugen. Aber das Einzige, das er herausbekam, war: »Hast du auch geschossen?« Und Leon merkte, dass der Großvater, der diese Frage wohl als situationsunabhängigen verallgemeinernden Vorwurf schon öfters gehört hatte, stutzte und ihn traurig ansah. Dabei wollte Leon nur darauf hinaus, wie sein Opa überlebt hatte, und er wollte mehr Geschichten, Gedanken und Gefühle erfahren. Doch sein Großvater ließ die Frage verklingen und sagte abschließend: »Wenig später haben sie uns in einem riesigen Granattrichter gefangen genommen.«

An der schwächer gewordenen Körperspannung seiner Oma im Rollstuhl erkannte Leon, dass es an der Zeit war, zurückzukehren. Ihre Kraft ließ schneller nach, notierte er sich besorgt in sein imaginäres Notizbuch. Leon wechselte auf die andere Seite der Hauptstraße und lief den gleichen Weg zurück, den sie gekommen waren.

Zurück im Altenheim hatte Leon seine Oma gerade wieder ins Bett gelegt, die Beinstümpfe zugedeckt und den halbvollen Katheter vorsichtig ans Bettgestell gehangen, da ging plötzlich die Tür ohne Vorwarnung auf und eine korpulente Pflegerin kam herein.

»Abendbrot«, sagte sie und stellte der Oma ohne weitere Erklärungen ein Plastiktablett unter die Nase. »Sollte sonst irgendwas sein, insbesondere wenn sie später groß müssen, klingeln sie einfach«, ergänzte sie schnell beim Herausgehen. »Guten Appetit.«

IV

Am nächsten Morgen saß Leon alleine auf der Terrasse hinter Gerdas umgebauter Scheune und trank eine Tasse Kaffee und aß drei Scheiben Käsetoast, während der Grundschule eine Zeit lang neben Haferflocken sein Lieblingsfrühstück. Die Tür zum Schlafzimmer von Gerda und ihrem Mann war geschlossen und auch Leons Eltern schliefen wohl noch im Gästezimmer. Er hatte die halbe Nacht auf der Couch wachgelegen. Der gestrige Tag ließ ihn nicht los. Während des Abendessens der Großmutter waren seine Mutter und Rainer wieder im Altenheim vorbeigekommen und hatten versucht, für alle Anwesenden die wichtigsten organisatorischen Punkte zu erläutern. Der Pfarrer sei informiert und würde seinen wöchentlichen Besuch nun im Heim abstatten. Die Oma war aber nach dem kleinen Milchreisnachtisch eingedöst. Also waren sie gegangen und ins Nachbarstädtchen zu Gerda gefahren, die ihnen Brot, üppig Aufschnitt und eingelegte Gürkchen hingestellt hatte; und ein paar Bier so wie die Oma früher für Leons Vater. Aber ihnen fehlte die Lust auf ausgiebiges Speisen und so hatten sich alle nach einigen schnell geschmierten Stullen hingelegt.

Leon blickte über den Garten und die angrenzenden Kornfelder. Dahinter erkannte er schemenhaft schwere Baufahrzeuge. Am Stadtrand wurde eine Autobahnzufahrt gebaut, hatte Gerda gestern kurz erzählt. Die Tage der Ruhe waren auch hier gezählt. Leon fand jetzt bereits keine, er musste irgendetwas unternehmen. Er stand auf, räumte den hölzernen Klapptisch ab und nahm sich vom

Schlüsselbrett in der großen offenen Küche die Auto-schlüssel für Gerdas A-Klasse. Die durfte er sich grundsätzlich für kurze Fahrten ausleihen, sie fuhr ohnehin lieber Motorrad. An den Kleiderständern am Ausgang hingen zahlreiche verschmutzte schwere Jacken. Das mochte Leon so an ihr: Sie pfiff komplett auf Klamottentrends, obwohl sie mehrere Marken besaß, aber eben für den alltäglichen ursprünglichen Gebrauch. Die blaue Barbour, die Leon nicht so schön wie seine grüne fand, war völlig verharzt und verdreckt vom Holzholen und von der Gartenarbeit; die Belstaff ein einziger getrockneter Schlammhaufen vom letzten Zweiradausflug ins Gelände. Leon wusste, wie es dabei zur Sache ging. Einmal hatte ihn Gerda in einem Beiwagen mitgenommen und sich so schnittig in die Kurven gelegt, dass der Wagen leicht abhob. Ständig schraubten und schweißten sie und ihr Mann an irgendwelchen Karren und Motorrädern.

Wenn Gerda in ihren engen Lederhosen und Leons Mutter in ihren peppigen Jeans nebeneinanderstanden, verstand Leon, warum die beiden sich selbst als die schwarzen Schafe der Familie sahen. Schon als Jugendliche schlichen sie sich von den Familienfeiern und rauchten heimlich Zigaretten, bis Leons Großvater sie irgendwann vor den Verwandten in Schutz nahm: Lasst die Mädels doch rauchen. Leons Mutter liebte ihren Vater sehr. Er hatte vielleicht als einziger akzeptiert, dass sie etwas anderes wollte. Zum Studieren 1968 ins chaotische Berlin ziehen: Okay. Ein halbes Jahr durch Griechenland reisen: Kein Problem. Sie sollte in jungen Jahren mehr von der Welt sehen, als er es gekonnt hatte.

Etwas in der Art hatte Leon sich auch gewünscht, als er mit Mitte zwanzig nach New York ziehen wollte. Noch lieber hätte er einen Moment des Beiseitenehmens gehabt bei einem der vielen Abendessen mit der Mutter oder dem Vater. Bei dem seine Eltern ihn gefragt hätten, was genau er mit dem Studium und der Zukunft anfangen möchte. Bei dem sie ihm einen flügelspreizenden Rat gegeben hätten, welche Möglichkeiten sie mit ihrer Lebenserfahrung sehen: Dieser oder jener Weg wäre doch interessant; bewirb dich mal dort um ein Praktikum; such dir eine Werksstudentenstelle in diesem Bereich. Stattdessen immer nur die eine Frage: »Und sonst?« So sehr seine Mutter und sein Vater die straffen, vorgefertigten Lebensplanungsschablonen ihres Umfelds als Heranwachsende aufbrechen wollten, so sehr sehnte sich Leon nach konkreteren Mustern.

Leon setzte sich hinter das Lenkrad und fuhr los. Auf der Höhe der alten Wacholderbrennerei verließ er die Ortschaft. Er hatte sich als Ziel einfach herausgesucht, was ihm als erstes einfiel: das Grab seiner anderen Großeltern, den Eltern seines Vaters.

Über die Autobahn konnte man das kleine ostwestfälische Dorf, in das der Großvater nach dem Tod seiner ersten Frau gezogen war, nicht erreichen. Aus dem Pott mit all den Zechen und dem Gezeche in eine wenige Hundert Einwohner zählende Gemeinde zu einer neuen Frau zu ziehen, war laut Leons Vater eine harte Umstellung, aber das Beste, was dem Opa auf Vermittlung von Bekannten und Verwandten passieren konnte. Dass er nach dem Tod seiner zweiten Frau plötzlich alleine hier zurechtkommen musste, war nicht geplant.

Eine Ausfahrt von der Landstraße führte direkt in den Ortskern mit der kleinen weißen Kirche und dem Bürgersaal, in dem alle größeren Jubiläen gefeiert wurden. Leon konnte sich noch an den Pfarrer erinnern, der bei allen Festen mitfeierte und ihn einmal fragte, in welche Kirche sie denn in Berlin gingen. Leon war das peinlich, gerade mit Blick auf all seine Verwandten, die sich vor dem Einfädeln in die kirchlichen Sitzreihen stets bekreuzigten und einen Knicks Richtung Alter vollzogen. Denn Religion spielte in seinem Leben in der Hauptstadt keine Rolle. Die Gemeinschaft, die Riten, das Singen, diese Identitätsstiftung, ob hier oder bei den anderen Großeltern, mochte er jedoch sehr gerne. Also stammelte Leon gegenüber dem Pfarrer etwas von irgendwelchen Kirchen aus seinem Heimatbezirk, die er aber nur aus der Christmette kannte.

Selbst das „Vater unser", die Lieder und das „Friede sei mit dir" murmelte er verunsichert mit, obwohl er eigentlich überhaupt keine Ahnung hatte. Klar, Jesus, Bethlehem, Maria und Josef, die Heiligen Drei Könige, Ostern, Auferstehung, Himmel und Hölle, Nächstenliebe, nicht stehlen, nicht töten, das sagte ihm alles etwas, doch spätestens bei „Du sollst nicht lügen" sündigte er ja schon im gleichen Moment und hoffte wiederum sofort auf die propagierte Vergebung. Im Lebenskundeunterricht in der Schule behandelten sie eher Themen wie Umweltschutz, Walrettung oder die Friedensbewegung – auch Weltreligionen. Was den Beziehungsstand seiner Eltern und seine

Gottesfürchtigkeit anging, war und blieb er in Ostwestfalen ein Fremder. »Die Berliner sind zu Besuch«, sagte die Mutter seiner Mutter lediglich, wenn jemand anrief. »Die Berliner«, das war die ausweichende offizielle Statusmeldung, um nicht zugeben zu müssen: Meine Tochter und ihr Sohn sind einige Tage bei uns, der Vater ist nicht mitgekommen, die sind gar nicht mehr zusammen, verheiratet waren sie eh nie.

Mittlerweile war dieser religiöse Eiertanz vorbei und Leon ein überzeugter und dazu stehender Atheist. Diese ganze Aufregung über den Expansionsdruck des Islams: War das Christentum nicht ähnlich nach Europa, Afrika oder Südamerika vorgedrungen? Allerdings hatte Leon ein gewisses Faible für traditionelle Weihnachten und Kirchenlieder, warum ihm eine wutentbrannte gehörnte Ex-Freundin mal den Vorwurf machte, er picke sich fern wahrer konservativer Standpunkte genau wie sein Vater nur die Rosinen heraus. Bei den jüngsten Äußerungen der kirchlichen Würdenträger fragte sich Leon jedoch, ob das christliche Abendland eine Rettung überhaupt verdient hatte. Für ihn war der Katholizismus Folklore, die er auf ewig positiv mit seinen Großeltern verbinden würde. Den Psalm „Muss ich auch wandern in finsterer Schlucht, ich fürchte kein Unheil, denn du bist bei mir" bezog er daher nicht auf Gott, sondern auf seine Großväter, die in Gedanken oder seinetwegen vom Himmel aus zusehend immer bei ihm waren. Er hatte besonders durch die kranke Großmutter erfahren, welch kraftspendende Wirkung der Glaube haben konnte, doch Religion, besonders die Kirche als Institution, das war etwas anderes. Hier war

Leon ganz bei seinem Vater. Der war in seiner Kindheit sogar Messdiener gewesen, aber sobald er konnte aus der Kirche ausgetreten. Verübeln konnte ihm das keiner. Bei einer Gemeindefahrt hatten sie ihn zur Strafe für freches Verhalten über Nacht an einen Holzpfeiler gebunden und geknebelt. Erkältet und von Schnupfen geplagt bekam er fast keine Luft durch die Nase und durchlitt stundenlang Todesangst. Wer würde da nicht den Drang verspüren, die geltenden Verhältnisse auf den Kopf zu stellen und sich auflehnen? Verwundernd war vielmehr, dass die heutige Jugend zwischen Scripted Reality und Billigsuff so ruhig blieb und sich nicht stärker empörte.

Leon stellte das Auto auf dem Parkplatz vor dem Bürgersaal ab und wollte kurz bei den Stallungen des alten Ritterguts vorbeischauen, die früher frei zugänglich waren, was viele Familien mit ihren Kindern für Spaziergänge nutzten. Doch das gesamte Areal, das anscheinend den Besitzer gewechselt hatte, war abgesperrt und videoüberwacht. „Durchgang verboten!" warnte ein großes Schild.

Seitlich hinter dem Anwesen erhob sich eine Hügelkette, um die sich die Landstraße bog. Dort waren sie Schlitten gefahren, bevor der Opa einen Rollator bekam. Von ganz oben auf dem Abfahrtshang konnten sie die schmale Linie der Emmer überblicken. Einmal auf dem Rückweg raste ein aufgetunter Opel derart knapp an ihnen vorbei, dass Leons Vater wild gestikulierend brüllte, was der Scheiß soll. Der tiefergelegte rote Wagen legte eine Vollbremsung hin und zwei junge Männer mit blonden Vokuhila-Frisuren und Schnurrbärten stiegen wutentbrannt aus. Ob sie auf die Fresse wollten, schrien die beiden. Leons Vater und den Großvater beeindruckte das wenig, so dass Leon bei den näher kommenden Typen dachte, gleich knallt es. Aber ein älterer Herr mischte sich ein, der mit seinem Auto von einem Feldweg kommend am Straßenrand angehalten und sich hinter der geöffneten Fahrertür aufgebaut hatte. Die Burschen sollten lieber weiterfahren, sagte er ganz ruhig, aber in einer unnachgiebigen Bestimmtheit, die Leon und anscheinend auch die halbstarken Dorfjugendlichen sehr beeindruckte. Denn diese stiegen zähneknirschend wieder ein und düsten davon. Und dann sah Leon, vielleicht als einziger seiner drei Familienmitglieder, warum der Mann eine solche Wirkung hatte: In seiner rechten, nach unten gestreckten Hand hielt er, halb von seinem Oberschenkel und der Türverkleidung verdeckt, eine Pistole.

Das Dreigenerationenhaus, in das sein Großvater gezogen war, lag am Ende eines Stichwegs; wieder eine Sackgasse. Leon hatte es noch genau vor sich wie er früher im Garten hinter dem Haus spielte. In einem Stall stand ein Pferd, das der angeheirateten Familie gehörte und von dem sich Leon nie den Namen merken konnte. Er nannte es einfach Mr. Ed wie die Serie auf dem Kabelkanal. Mr. Ed war riesig und hatte große gelbbraune Zähne, mit denen er Leon einmal richtig doll biss, als dieser ihn mit Möhren füttern wollte. Von da an wollte Leon nicht mehr auf Mr. Ed reiten und konnte seine Mitschülerinnen in der Grundschule, die alle total wendymäßig auf Pferde abgingen, erst recht nicht verstehen. Lieber spielte Leon mit den Kaninchen, bei denen alle aufpassen mussten, dass sie nicht aus ihrem Karnickelverschlag ausbüxten und sich über das Obst und das Gemüse im Garten hermachten. Am liebsten mochte Leon die Erdbeeren. Das waren die besten, die er jemals gegessen hatte. Die waren viel kleiner, dreckiger und kaputter als die aus dem Supermarkt, aber viel leckerer. Leon konnte gar nicht genug bekommen. Die schmeckten, als seien hunderte dieser riesigen grellroten Supermarkterdbeeren zusammengepresst und ihre Geschmacksaromen zu einer dieser wilden dunkleren Verwandten komprimiert worden.

Um die Pflanzen und Früchte vor den Vögeln zu schützen, hatte der Opa sogar ein Luftgewehr mit Zielfernrohr. Leon nervte so lange und unnachgiebig bis ihm sein Vater erlaubte, damit zu schießen. Sie lehnten ein altes Backblech als Kugelfang gegen die Bretterwand des Geräteschuppens und positionierten davor auf einem Postpaket alle möglichen selbstgebastelten Schießscheiben oder Figuren. Irgendwann hatte es Leon mit der Atmung, dem Druckpunkt und der Abzugsfingerkrümmung so drauf, dass er einer Stecknadel den Kopf wegschoss. Die Freude darüber war größer als über die Siege Michael Schumachers in der Formel Eins oder die Titelverteidigungen von Henry Maske, die sein Großvater so gerne an seinem Fernseher verfolgte.

Vielleicht gestattete Leons Vater diese Schießübungen nur, weil er trotz seiner Knarrenphobie insgeheim selber gerne auf der Cranger Kirmes oder auf der Steglitzer Festwoche die weißen Plastiksternchen und -röhrchen ins

Visier nahm, und er es bei allem Pazifismus instinktiv doch richtig fand, dass ein Vater seinem Sohn das Prinzip von Kimme und Korn und die Funktion eines Fadenkreuzes erklärte. Und auch Leons Mutter freute sich über die geschossenen Blumen, die er ihr von da an nach jedem Rummelausflug mitbrachte.

Leon zögerte minutenlang vor dem Hauseingang der Kinder seiner Stiefoma aus erster Ehe und überlegte, ob er klingeln sollte, obwohl die Häuser hier nie verschlossen wurden. Vorher angerufen und sich angekündigt hatte er nicht. Er hatte ohnehin keine Nummer. Der Kontakt zu der angeheirateten Familie, der eh hauptsächlich über seinen Vater lief, war nach dem Tod des Opas eingeschlafen.

Der Großvater hatte es richtig gemacht, dachte Leon und schämte sich sofort für solche Überlegungen. Einige Monate, nachdem sein Opa zum zweiten Mal Witwer geworden war, hatte er sich abends ins Bett gelegt, seinen Ehering auf der kleinen Kommode neben sich drapiert und war am nächsten Morgen nicht mehr aufgewacht. Zu der Zeit hatte sich der Großvater bereits stark zurückgezogen und die Wohnung kaum mehr gänzlich genutzt. Er hatte sich eine schmale Liege an die Wand in der Küche unter die Kuckucksuhr geschoben, deren spektakulärer Zeitansage Leon bei jedem seiner Besuche entgegenfieberte.

Leon fragte sich tatsächlich jetzt zum ersten Mal, wo diese Pritsche überhaupt herkam, wer bei der Aufstellung geholfen hatte und warum die Person, sein Vater und er selbst den Opa nicht davon abgehalten hatten, in die Küche zu ziehen. Damals kamen ihm diese Fragen nicht, vielleicht weil Leon an improvisierte Betten gewöhnt war. Seine Eltern schliefen auf einer Matratze auf dem Boden und er auch. Für seine Eltern war es ein Statement, das später von einem dänischen Designerbett verdrängt wurde. Er sah es als Robinson-Crusoe-gleiches Abenteuer. Er nutzte seine Matratze bis er 25 wurde und sie komplett durchgelegen und zerschlissen war, so dass die Metallfedern an einigen Stellen durchstießen. Leon war ordentliche Betten also gar nicht gewohnt und so fand er es nicht verwunderlich, als sich sein Großvater ein primitives Lager einrichtete. Was es bedeutete, zwei Ehefrauen zu verlieren und sich deshalb nicht mehr alleine in das riesige Ehebett legen zu wollen, erkannte er nicht. Er fragte sich zu der Zeit lediglich, wie der Opa überhaupt einschlafen konnte, wenn jede halbe und volle Stunde der Kuckuck lautstark herauskam.

Leon hatte die Küche nach dem Tod des Großvaters nie mehr betreten. Er fürchtete sich vor dem Bild der kleinen notdürftigen Schlafecke in der Küche, in der sie früher am Tisch mit der Blümchenwachsdecke saßen und Graubrot mit Aufschnitt aßen. Selbst als Leons Opa nicht mehr richtig laufen konnte, ließ er es sich nicht nehmen, das Brot mit seinen Gehhilfen selbst einzukaufen und auf den Tisch neben die Bild-Zeitung zu legen; und mochte es den halben Tag dauern. Seit seinem 14. Lebensjahr hatte er gearbeitet und seine Brötchen selbst verdient; passenderweise in einer Brotfabrik in der Auslieferung, erst mit Pferdegespann bei Wind und Wetter, später sogar mit einem Auto, ein Wirtschaftswunder.

Und einmal am Küchentisch, das fiel Leon nun wieder ein, war dieser Moment da, in dem sein Opa in seinem dunklen Strickpullover mit dem großen beigen Querstreifen schlagartig anfing vom Krieg zu erzählen. Leon hatte gefragt, ob die Besorgungen den Beinen gut täten oder Schmerzen verursachten.

»Es geht, jede Kleinigkeit wird zu einer Weltreise«, sagte der Opa, stockte kurz und fügte hinzu, »die Verwundung am Oberschenkel war schlimmer«. Dann berichtete er, wie er im Krieg nur noch eine einzige Uniform hatte und diese im Winter so gut wie nie ausziehen konnte. Er bekam dadurch wie viele seiner Kameraden Läuse und Ausschläge, und alle konnten vor lauter Juckreiz nicht schlafen. Er lag wach in seinem Loch, nahm den Gestank erst richtig wahr, fror und dachte an die Heimat und an seine Frau, was ihn innerlich wärmte. Doch dann mussten sie ihre Gräben verlassen und in einem bergigen Wald in Russland einen Hang hinunterstürmen, um zu im Tal festsitzenden Kameraden durchzubrechen, die dringend Munition und Essen benötigten. Er schilderte, wie die sowjetische Artillerie die Höhen unter Feuer nahm und die Geschosse während sie bergab rannten neben ihnen einschlugen und ein Granatsplitter seinen Oberschenkel traf.

»Das Loch war fast so groß wie meine Faust«, erzählte der Großvater, und Leon fragte sich seitdem, wer die Männer waren, die seinen Opa da rausgeholt, gestützt, getragen und verbunden hatten, weil sie sich trotz größter

Angst und Not sagten, diesen Mann lassen wir nicht zurück. Auf einem behelfsmäßigen OP-Tisch liegend, bereit für die Amputation, erfolgte wenig später ein russischer Gegenangriff. Die Einheiten drohten überrannt zu werden, so dass die Stellung mitsamt dem Opa, der sich gerade auf das Absägen seines Beines einstellte, hastig geräumt werden musste.

»Wir kamen irgendwie raus. Die Wunde heilte ewig nicht richtig. Diese Schmerzen vergesse ich nie«, sagte er und plötzlich verspannte sich sein während des Sprechens gelöster Gesichtsausdruck. »Und wem hab' ich das alles zu verdanken? Diesem Schwein Hitler!«

Er wollte gerade fortfahren, da fiel ihm Leons Vater ärgerlich ins Wort: »Ach, hör auf! Ihr habt alle gerne mitgemacht!«

Die Augen seines Opas in diesem Moment konnte Leon nicht vergessen; so wie die Wut auf den Vater, die er jetzt wieder verspürte. Eine ganze Gesellschaft feiert sich selbst dafür, angeblich überall zu differenzieren, labert von im Krieg traumatisierten Flüchtlingen, preist den Einzelfall, aber schert eine gesamte Generation der eigenen Vorfahren pauschal über einen Kamm ohne nach deren individuellen Traumata zu fragen. Nach diesem respektlosen Gespräch war es das für Leon endgültig mit dem sich Fügen gegenüber Mutter und Vater. Sie wollten die antiautoritäre Erziehung; die sollten sie bekommen. Generationenkonflikt? Auflehnung? Bitte sehr, das konnten sie gerne auch haben, samt Geschichtsaufarbeitungsprogramm. Dafür hatte er die berühmte Frage »Was hast du damals gemacht, als...?« der Eltern an die Großeltern erweitert; nur dass er sie jetzt ihnen selbst stellte. Was hast du gemacht, als der Linksterrorismus in Deutschland wütete? Wo warst du, als die DDR-Kommunisten wieder in Amt und Lohn gehoben wurden, so als hätte es Stasi und Schießbefehl nie gegeben? Wo war dein Protest, als Recht und Verfassung durch die eigene Regierung gebrochen wurden? Wo stehst du heute, wenn unliebsame Andersdenkende gefeuert, aus der Öffentlichkeit verbannt oder von der Antifa angegriffen werden? Hast du aufbegehrt, den Mund aufgemacht und eingegriffen? Oder hast du die Klappe gehalten, die Augen verschlossen, bist weitergelaufen und hast so getan, als würde nichts um dich herum passieren? Was für ein psychisch kaputtes, im Selbsthass gefangenes Land habt ihr eigentlich euren Kindern hinterlassen? Auf ehrliche selbstreflektierende Antworten wartete Leon immer noch.

Auch die Weltkriegsfotos, die sein Vater nach dem Tod des Opas in einem Karton nach Berlin brachte, reizten diesen kaum, obwohl Leon regelmäßig vorgeschlagen hatte, sie sich zusammen anzugucken und der Vater begeisterter Hobbyfotograf war. Leon konnte es nicht nachvollziehen, warum sich sein Vater nicht für diesen dokumentarischen Schatz interessierte. Zumal ihn die Auskünfte der Deutschen Dienststelle, die Leon in eigener Initiative beantragt hatte, ebenso wenig juckten.

So wurde die Aufarbeitung, die Nacherzählung der Stahlgewitter die alleinige Aufgabe des Enkels. Ein ganzes Wochenende hatte sich Leon vor einigen Jahren dafür zu Hause eingesperrt. Er legte die kleinformatigen gebogenen Fotos mit den weiß abgesetzten welligen Kanten, die sein Großvater über die Kriegsjahre angesammelt hatte, nebeneinander. Einige hatten mit Bleistift verfasste Notizen auf der Rückseite, die Leon aber kaum entziffern konnte. Die Kurrentschrift des Großvaters ließ nur Raten zu: Das müsste Frankreich und das Russland heißen, hier könnte Ukraine und der Name einer Stadt stehen. Einzig die Jahreszahlen waren deutlich auszumachen: 1940, 1941, 1942, 1943. Fotos aus den letzten beiden Kriegsjahren waren keine dabei. Zusammen mit den wenigen Berichten des Opas und den Wehrmachtsunterlagen der Deutschen Dienststelle, auf die Leon über ein Jahr gewartet hatte, wurde langsam ein Soldatenlebenslauf ersichtlich: Durchbruch zum Ärmelkanal, Kämpfe an Somme, Seine und Loire, Besatzung Frankreichs, Russlandfeldzug, Njemen-Übergang, Schlacht bei Smolensk, Überwindung der Dnjepr-Stellung, Vorstoß gegen Moskau, Einnahme von Kalinin, Abwehrschlachten um Belyj, Rshew und Demansk, Budapest, die totale Katastrophe, russische Gefangenschaft, Übergabe an die Tschechen, Ausbruch, Flucht bis hinter die bayerische Grenze und nach Hause durchschlagen.

Alles Kopfzerbrechen über seinen eigenen CV und die gefürchteten Lücken darin kam Leon seitdem lächerlich vor. Der Begriff „einfacher Mann", der mit Sicherheit in einer gewissen Form auf den Großvater zutraf, bekam eine andere, fern jeglicher Arbeiterstilisierung noch stärkere Bedeutung: Er war ein ganz großer einfacher Mann. Wie so viele in diesem Land. Doch dieses Land spuckte auf sie.

Wie gern wäre Leon die Fotos mit seinem Opa zusammen durchgegangen, hätte bei jedem gefragt, was sie überhaupt en détail darstellten und was zu dem Zeitpunkt passiert war. Er hätte so viele Fragen gehabt, die er gerne zu dritt besprochen hätte. Aber sein Opa hatte ihm nie die Fotos gezeigt. Nicht mal der Vater schien von den Aufnahmen gewusst zu haben, dafür von den quälenden Bildern im Kopf; öfters musste er als Bub den Großvater abends aus der Kneipe holen. Harter Alkohol war deshalb tabu und ein Streitthema zwischen Leon und seinem Vater. Ein gemeinsamer Joint war dagegen nie ein Problem, auch wenn Leon einen richtigen Drink bis heute vorzog. Den Ratschlag des Vaters »Kauf nicht den Scheiß bei diesen Typen im Park« musste er daher nie beherzigen.

Leon war mittlerweile auf dem kleinen rechteckigen Friedhof angekommen, der sich an einen seichten Hügelhang schmiegte. Er hatte sich schließlich doch nicht getraut, bei der Familie unten im alten Wohnhaus des Opas zu klingeln. Sie würden ihm vorwerfen, zu spät zu kommen, war seine Befürchtung. Und wenn er ehrlich zu sich selbst war, kreidete er sich genau das selbst an.

Am Wegesrand hatte er mehrere Kornblumen und Klatschmohn gepflückt und aus ihnen mit etwas Grün einen Strauß gebunden. Eine kleine Tradition, mit der Leon auf einer Wanderung mit dem Vater den Rennsteig entlang angefangen hatte. Sein Opa hatte ihm für die Tour seinen Wanderstock mitgegeben, auf dem lauter kleine Plaketten aus Tirol, dem Allgäu und dem Salzburger Land genagelt waren. Den Blumenstraß legte er vor dem Grabstein ab und lief danach direkt zurück zum Auto.

Auf dem Rückweg legte Leon einen Stopp bei Gerdas Gaststätte im Teutoburger Wald ein. Auf dem breiten Kiesstreifen vor dem umgebauten Backsteinhof standen wie üblich zahlreiche Harley- und Triumph-Maschinen. Im Gartenbereich saßen Familien und einige Ausflügler vor ihrem Mittagessen. Leon nutzte die Gelegenheit und ging auf die Toilette. Über den Pissoirs waren auf Kopfhöhe Kissen an die Wand genagelt; Ausruhhilfen, falls eines der Wochenendkonzerte mal wieder länger dauerte. Eine der vielen Ideen, mit denen Gerda dem Lokal ihren Stempel aufdrückte. Sie selbst war jedoch gar nicht im Laden, wie ihm eine junge tätowierte Kellnerin am mit Plattencovern zugeklebten Tresen mitteilte. Leon rief daraufhin seine Mutter an, während er den Trampelpfad zwischen den ausladenden Eichen gegenüber der Gaststätte entlangschlenderte. In zwei Stunden zum Kuchenessen bei der Oma im Altenheim lautete die Verabredung.

Der Weg führte an Wiesen und Buschgruppen vorbei zu einer Bank auf einem Höhenkamm. Von hier hatte Leon eine grandiose Aussicht über die wellige Baumlandschaft des Teutoburger Waldes. Irgendwo da unten lag der Familienhof, der Ursprung, die Quelle ihrer Bluts- und Namenslinie; den Nachnamen des Vaters hatte Leon ja nie getragen. Gerdas Bruder hatte den Hof übernommen, doch landwirtschaftlich betrieben wurde er seit Jahrzehnten nicht mehr. Trotzdem stand in einer Garage noch der alte grüne Traktor, den Leon jedes Mal, wenn er vorbeikam, erklomm und sich wieder wie ein kleiner Junge fühlte. Gerdas verstorbener Vater hatte ihn als Fünfjährigen mit auf den Sitz genommen und war mit ihm über den kleinen Kartoffelacker gefahren. Zu der Zeit lebte Leons Uroma mit in dem Haushalt. In einer Kammer, die aussah wie eine altmodische Bauernstube, pflegte sie die Familie bis sie schließlich auf dem Hofe starb. So hatte sich das Leon für seine Oma eigentlich auch gewünscht.

Daran musste er wenig später noch diverse Male denken, als er im Altenheimzimmer der Großmutter saß und mit der dreizackigen Gabel in seinen Kuchenstücken herumstocherte. Rainer hatte den Fernseher und mehrere Bilderrahmen aus der Wohnung mitgebracht und aufgestellt. Neben dem Bett der Oma hingen nun ein Abreißkalender mit einem kirchlichen Spruch oder Bibelzitat pro Tag und die Rosenkränze der Großeltern; einer aus Holz und einer aus Perlen. Ein paar Nachbarn, Freunde und Verwandte waren vormittags zu Besuch gekommen und hatten zig Blumensträuße mitgebracht, die in Vasen verteilt dem Raum fast eine wohnliche Note verliehen. Mit dem Kontakthalten zu diesen ganzen Menschen war es so eine Sache. Leon hätte gern den familiären Draht wieder stärker zum Glühen gebracht, seine Mutter verstand sich jedoch mit vielen Verwandten nicht so gut.

Aber Leon hatte ebenfalls seine denkwürdigen Erfahrungen gemacht; auch wenn diese ganz anders gelagert waren als jene der Mutter. Vor gut zwei Jahren war er auf einer Gartenfeier von Bekannten der Familie. In den Einfahrten und Parkbuchten der roten Klinkerbausiedlung stand rechts und links frisch polierter Glanz unter Carports – tiefschwarze CDU-Idylle. Diese war nur kurz von zwei augenscheinlich angetrunkenen Orientalen an der örtlichen Tankstelle getrübt worden, die mit Bierflaschen in den Händen hinter den Autostaubsauger pinkelten.

»Du weißt, dass viele von denen sehr gut ausgebildet sind?!« verteidigten die Bekannten damals gegenüber Leon die neugebaute Asylunterkunft am Stadtrand. Doch während der Feier musste Leon mehrmals stutzen. Die Eingangstür kam ihm ungewöhnlich schwer vor und anstatt eines Türspions gewährte ein handygroßer Flachbildschirm Einsicht in Fischaugenoptik über das gesamte Vorfeld des Einfamilienhauses bis in die dunkelste Heckenecke. Die Gastgeberin musste Leons verwunderte Blicke mitbekommen haben.

»Da es in letzter Zeit mehr Berichte über Einbrüche in der Gegend und entsprechende Polizeiansprachen gab, haben wir wie viele Nachbarn an unserem Sicherheitskonzept geschraubt«, sagte sie mit einem verlegenen Lächeln und gab ihm für seine spätere Übernachtung einen kleinen Schlüsselbund. »Das sind die Schlüssel für die Fenster im Gästezimmer. Wir haben an allen zusätzliche Schlösser anbringen lassen.«

Wie hatte es kürzlich einer von Leons Trainingspartnern beim Muay Thai formuliert: »Das wahre Problem sind nicht die Zehntausenden Hardcorelinken, sondern die Millionen von rückgratlosen Spießbürgern, die vor dem Zeitgeist einknicken und keine eigenen Ideen haben.

So Hildegards und Herberts, die sich mit ihren karierten Kurzarmhemden und Trekkingsandalen den Quedlinburger Dom oder sowas anschauen und genau darauf achten, dass auch ja keiner zu laut spricht, aber sonst die Klappe halten.« Das seien die Schlimmsten, hatte er geflucht und Leon einen extraharten Lowkick gegen den Oberschenkel gedonnert.

Leons Blick traf seine Großmutter mit einem Lätzchen um den Hals über ihrem Kuchenteller. Ein Glück bekam sie von alledem nichts mit. Ihre größte Angst neben den Russen war früher, dass Leon ein Punker werden würde, der Heroin nimmt und auf der Straße lebt so wie die Gestalten am Bahnhof Zoo. Gedanken über ihr Wahlverhalten in den vergangenen Jahrzehnten wischte Leon schnell beiseite; das war zu viel für ihn.

Wo Leon den halben Tag mit Gerdas Auto gewesen war, fragte keiner. Zu groß war der Ärger darüber, dass man in Berlin einige wichtige Unterlagen vergessen hatte, welche die Mutter nach dem Tod des Großvaters aus Sicherheitsgründen mit zu sich genommen hatte. In der Hektik und der emotional angespannten Lage hatten alle den Überblick verloren. Schnell einigte man sich darauf, dass Leon mit der Bahn in die Hauptstadt fahren und zwei Tage später mit dem Auto seiner Mutter zurückkommen sollte. Wenigstens hatte die Mutter bei der Hausverwaltung erreicht, dass die Kündigungsfrist von drei Monaten auf Anfang des kommenden Monats reduziert wurde, weil sie einen passenden Nachmieter präsentieren konnte: Die Enkelin eines Ehepaares aus dem

Nachbareingang nahm das Angebot gerne an, vorausge-
setzt die Wohnung würde bis dahin geräumt sein.

V

Ein klarer blauer Himmel lag über dem Friedhof, als Leon, seine Mutter und Rainer am nächsten Morgen das Grab des Großvaters besuchten. Das Auto hatten sie vor der anliegenden Kirche abgestellt, die leider wenig gelungen mit viel Glas und hellem Holz renoviert worden war. Im Inneren zündete Leon eine Kerze an und stellte sie auf die mittlere Stufe des geschwungenen Eisenaltars im Seitenschiff. Jede Weihnachten hatte er hier mit seinen Großeltern die aufgebaute Krippe betrachtet und einige Groschen für Afrika gespendet, weil ihn diese Fernsehbeiträge und NGO-Werbeclips über hungernde Kinder mit aufgeblähten Bäuchen und Fliegen im Gesicht wirklich mitgenommen hatten.

Die Großeltern waren jeden Sonntag in die Kirche gegangen. Wie aus dem Ei gepellt standen sie vor dem Gästebett und verabschiedeten sich, während Leon und seine Eltern liegen blieben und ausschliefen. Und Leon dachte anfangs wirklich, nur alte Menschen gehen in die Kirche, weil die Geistlichen nur die reinlassen, wegen ihrer jahrzehntelangen Arbeit oder so.

Auf dem Friedhof waren hauptsächlich ältere Frauen unterwegs, diese stille kaum wahrgenommene Armee an Witwen, die Blumen pflanzte, Unrat aufsammelte und mit großen grünen Gießkannen Wasser aus den runden Steinbecken holte. Die ein oder andere hielt sich ein Taschentuch an Augen und Wangen; keines aus Papier, sondern diese aus Baumwolle wie sie der Opa ebenfalls stets in der Hosen- oder Jackettasche hatte. Am Ende eines Steinplattenweges lag das Grab des Großvaters unter zwei Birken hinter denen ein Urnenfeld begann. Bei der Beerdigung war es noch eine ganz normale Wiese, auf der im Hintergrund dezent der Trompeter wartete und einsetzte, als sich der Trauerzug wie ein schwarzer Lindwurm bis zurück zur Kapelle schlängelte. Lange standen Leon, die Mutter und die Oma im Rollstuhl an der ausgehobenen Grube mit dem Sarg darin und nahmen die Beileidsbekundungen eines Jahrhunderts entgegen. »Männer aus dem Krieg«, das lernte Leon an jenem Tag, waren so etwas wie Brüder, selbst wenn man sich eine Ewigkeit nicht mehr gesehen hatte.

Welch ein Unterschied zu der Beerdigung einer alten Studienfreundin seiner Mutter kurz zuvor. Die Trauergemeinde in dem kleinen Raum in Kreuzberg zählte nicht einmal 15 Personen, obwohl die an Krebs Verstorbene »Gott und die Welt in jedem Szenerestaurant im alten West-Berlin kannte«, wie Leons Vater sagte. Bei den Barrunden und durchfeierten Nächten waren all die Gastronomiekollegen und Dauergäste gerne dabei gewesen, zur Trauerfeier kamen sie nicht.

Leon und seine Mutter gruben still und eingespielt einige Löcher vor dem Grabstein, auf dem die Hälfte der Inschriftsfläche makaber wartend noch frei war, und steckten mit etwas Erde die mitgebrachten frischen Blumen hinein. Dazu legten sie traditionell eine schöne rote Rose. Leon würde nie den Anruf der Mutter aus dem Krankenhaus vergessen: »Der Opa ist gestorben.« Sein erster

Gedanke, für den er sich schämte, war: Endlich hat er die Quälerei hinter sich. Aber tatsächlich hatte der Großvater bei seiner Aufbahrung im offenen Sarg einige Tage später einen friedlichen Gesichtsausdruck, der Leons bisheriges Bild vom Tod revidierte.

Auf dem Rückweg zum Auto machten sie einen kleinen Umweg zum Grab einer älteren, schon vor Jahren verstorbenen Freundin der Oma und legten ein Gesteck nieder. Jahrelang hatten sich die Großeltern um die Dame mitgekümmert. Bis zu ihrem Tode mit weit über 90 ließ sich die in der Landsmannschaft aktive Schlesierin mit „Fräulein" ansprechen. Ihr Verlobter war Offizier und wurde seit der Schlacht um Verdun als vermisst gemeldet. Die ganzen Jahrzehnte über wartete die Frau auf ihn und ließ nie einen anderen Mann in ihr Leben. Ein Foto des Verlobten mit einem unter dem Rahmenglas plattgedrückten Edelweiß hing über einer Kommode in der Wohnung von Leons Großeltern.

Während die Eltern das im Blumenladen ausgeliehene Gärtnereiwerkzeug zurückgaben, lief Leon wie bei jedem Besuch einen Schwenk zu den Kriegsgräbern. Auf dem ungemähten Rasen und den dunklen verwitterten Grabplatten lagen keine Blumen, keine Gestecke und keine Kränze. An einem moosigen Gedenkstein, der ein sich zu seinem gefallenen Reiter herunterbeugendes Pferd darstellte, waren der Ulanenhelm und die Lanze abgeschlagen worden. Leon stellte ein vorhin gekauftes rotes Grablicht ab und stapfte wütend zum Parkplatz, wo seine Eltern auf ihn im gestarteten Auto warteten.

Nach einigen Minuten hatten sie die Innenstadt mit ihren Schnellrestaurants und Werbeflächen erreicht. Die Mutter und Rainer ließen Leon am Hauptbahnhof raus, dessen Umfeld zunehmend Frankfurter Verhältnissen glich. Die beiden wollten weiter gen Westen in Rainers Heimatstadt düsen; auch an der Wupper warteten kranke Verwandte und Familienangelegenheiten. Regelmäßig war Rainer mit der Verwaltung einiger geerbter Immobilien beschäftigt; neue Fenster und Dachinstandsetzung hier, Mietmahnung, Eigentümerversammlung und Rechtsstreit dort.

Leon rannte durch die Wartehalle zu den Gleisaufgängen. Der Zug fuhr bereits ein, als er den Bahnsteig erreichte. Wie oft er hier früher mit seiner Mutter angekommen war. Das Licht der Laternen war damals irgendwie wärmer, zwar etwas dunkler aber dafür einladender und nicht so grell und kalt. Leon konnte sich noch gut erinnern, wie sie erst immer nur mit einem IC gefahren waren, der ganz schön ruckelte. Alles klemmte und klapperte zwischen den dickbezogenen Polstersitzen, metallischen Ablagegittern und Abteiltüröffnern. Dann wurde der ICE eingeführt und alle, selbst seine Mutter, waren ganz aufgeregt angesichts dieser Neuerung „Made in Germany". Leon war tatsächlich das erste Mal stolz auf diese große technische Innovationskraft, die scheinbar alle in seinem Heimatland sahen. Und so stand er 1991 völlig aufgekratzt am Gleis, als sein erster ICE auf ihn zufuhr wie eine weiße Rakete und alles so modern aussah wie in „James Bond: Moonraker".

Jetzt kam Leon das alles nicht mehr so Hightech vor, erst recht nicht, nachdem er vor einigen Jahren in Japan gewesen war. Die Fahrgäste drängten sich mit ihren schweren Trolleys und Taschen aneinander vorbei. Die Sitzplätze waren alle besetzt oder reserviert. Also fläzte er sich mit seinem dunkelbraunen Weekender in den Gang zwischen Toilette und Waggontür. Während seiner Bundeswehrzeit als mit der Wehrpflicht die Flecktarnuniform noch zum Standardbild deutscher Bahnhöfe und Züge am Wochenende gehörte, waren er und seine Kameraden fast nur so gefahren. Gemeinsam saßen sie mit ihren Ruck- und Wäschesäcken vor den Kofferregalen, tranken Bier und ließen die Dienstwoche Revue passieren.

Eigentlich war die Grundausbildung ja ziemlich affig: Man rannte geschminkt durch den Wald und schoss wie Kinder bei Räuber und Gendarm mit Platzpatronen aufeinander. Aber neben den üblichen Suff-, Langeweile- und Dummfick-Geschichten, die jeder Gediente erzählte, hatte sich bei Leon eine Begebenheit besonders im Kopf eingeprägt. Es war im ersten Biwak auf einem Truppenübungsplatz. Jede Gruppe hatte ihre Zelte um ein Lagerfeuer aufgebaut und die Stellungen und Alarmposten ausgehoben. Am ersten Abend gab der Kompaniechef den Befehl, der erste Zug solle nach Einbruch der Dunkelheit den zweiten Zug angreifen, welcher in einem anderen Waldstück auf der gegenüberliegenden Seite einer freien Wiesenflache lag. Kurz nach dem Abendessen der EPa-Rationen – Leon hatte Cevapcici, das wusste er komischerweise noch genau – bekam jede Gruppe ein paar Schachteln Munition, und Leon und seine Kamera-

den füllten alle ihre Magazine. Als die Sonne unterge-
gangen war, sammelten sich die vier Gruppen des ersten
Zuges am Waldrand. Alle trugen ihre komplette Kampf-
ausrüstung mit kleinen Ästen in den Helmen und frisch
oliv-schwarz gefärbten Gesichtern zur Tarnung. So standen sie fertig zum Angriff, bereit die Wiese zu überque-
ren. Erst dachte sich Leon entnervt: Kampfpanzer mit
Wärmebildkameras, lasergesteuerte Raketen und sie trai-
nieren Ersten Weltkrieg.

Aber als mehr Soldaten aus dem Dunkel der hinteren
Baumreihen nach vorne traten und sich zu einer pulsie-
renden Masse aus schwarzen Silhouetten von Helmen
und Gewehren aufstellten, lag plötzlich knisternde Spannung in der Luft. Dieses Gefühl würde er niemals vergessen. Es war, als erwache der Wald mit unzähligen Zu-
ckungen zum Leben und strotze vor Kraft, die darauf
wartete, wie eine tosende Naturgewalt entfesselt zu werden und loszubrechen. Alle wurden ruhiger und doch
flimmerte die kalte Luft voller angespannter Muskeln und
aufgerissener Augen. Leon hatte plötzlich das Gefühl von
unaufhaltsamer Stärke und wohliger Gleichgültigkeit
dem gegenüber, was jetzt passieren könnte. Wie sich
diese Walze in Bewegung setzte, war bis heute einer der
denkwürdigsten Momente seines Lebens.

Seitdem ließ ihn der Gedanke nicht mehr los, welch
tatkräftiges Potential in der deutschen Jugend steckt und
welche hinwegfegenden Veränderungsmöglichkeiten es
geben könnte, wenn die junge Generation ihre Energie,
anstatt sie zu Zehntausenden in den Fußballstadien und
Discotheken der Republik verpuffen zu lassen, wie eine

donnerhallende Woge auf das politische Berlin prallen lassen würde.

Im Laufe der Übung, circa auf der Hälfte der Freifläche, wo sie von den Alarmposten des zweiten Zuges entdeckt und beschossen wurden, riefen ihre Fahnenjunker und Stabsunteroffiziere einen Gasalarm aus. In der Dunkelheit unter dem bewölkten Himmel sowie im wilden Gemisch aus Kommandos und ratternden Platzpatronen verlor Leon in der eng sitzenden, aber dennoch beschlagenden Gasmaske zunehmend die Orientierung und schließlich den Sichtkontakt zu seiner Einheit. Das Gras war teilweise so hoch, dass er beim keuchenden Robben niemanden sehen konnte. Überall unter seiner Uniform schubberte Sand auf seiner schweißfeuchten Haut. Das erhabene Gefühl von vorhin war Hilflosigkeit gewichen.

Eine Ewigkeit war er wie ein Idiot alleine weiter durchs Unterholz gekrabbelt, obwohl die Übung längst zu Ende war. Man stelle sich das vor: Alle hören auf Krieg zu spielen und sammeln sich, da sehen sie einen einsamen Volldepp über das Feld stolpern. Leon fragte sich danach, wie lange die anderen Rekruten wohl zugeschaut und sich bepisst hatten, bis endlich einer ankam und ihm sagte, er könne ruhig aufstehen. Aber dann dachte Leon daran, wie leicht es passieren konnte, von seiner Truppe getrennt zu werden. Wenn dieses Gefühl schon bei einer Übung so scheiße war, wie übel musste es erst im Einsatz sein. Und er dachte an einen älteren Freund, der sich verpflichtet hatte und auf dem Balkan war, während er hier rumkroch. Von da an war das alles kein Spiel mehr für Leon.

Von den Erinnerungen an die Bahnfahrten mit den Kameraden bekam Leon Lust auf ein Bier, sein persönliches Soma. Er schlängelte sich durch die Waggons zum Bordbistro, setzte sich auf die rote Bank eines freien Tisches und bestellte ein Pils bei dem Kellner, der ihm entgegenkam. Er zog sein iPhone und die Kopfhörer aus der Hosentasche und wischte sich bei Spotify durch die Podcast-Kategorien. Vier angefangene Folgen unterschiedlicher Formate warteten auf sein Weiterhören, aber im Grunde war das alles das gleiche. Diese ganzen Hosts der Podcast besuchten sich ständig gegenseitig oder reichten sich die ewig selben Gäste reihum weiter: Felix Lobrecht von „Gemischtes Hack" bei Palina Rojinksis „Podkinksi"; Felix Lobrecht bei „Deutschland3000" mit Eva Schulz; Fynn Kliemann bei Eva Schulz; Fynn Kliemann bei „Podkinski"; Fynn Kliemann bei „Hotel Matze" mit Matze Hilscher; Matze Hilscher bei Eva Schulz; Sophie Passmann, Klaas Häufer-Umlauf und Caro Daur bei „Hotel Matze"; Sophie Passmann, Klaas Häufer-Umlauf und Caro Daur bei Rojinksi; Palina Rojinski bei Matze Hilscher. Es war noch schlimmer als in den Talk- und Promishows im Fernsehen.

Der Ober kam, stellte das große Bierglas mit dem dezenten DB-Logo ab und kassierte direkt. Leon legte sein Handy beiseite, nahm einen kräftigen Schluck durch die Schaumkrone und schaute sich im Speisewagen um. Jetzt fiel ihm auf, was in dem Bordbistro an den kahlen, nur mit Notausgangsaufklebern versehenen Wänden fehlte: Fotos, Bilder und Erinnerungsstücke, all diese Devotionalien, die eine richtige gemütliche und geschichtsträchtige

Gaststätte ausmachen. Viele Fahrgäste saßen häufiger in diesen tristen Zügen als in ihren Stammkneipen. Warum also nicht ein bisschen mehr „Kundenbindung" wie man so schön sagt. Und die Pendler würden einen Wettstreit führen, welcher Zug das schönste und interessanteste Bordbistro hätte. Hier ein Foto hinhängen von Schauspieler X wie er ein Bier trinkt, dort eine eingerahmte Serviettenzeichnung von Künstler Y, der regelmäßig „seinen Zug" nimmt. Stammreisende, die jeden Tag oder jede Woche die gleiche Zugverbindung nehmen, würden zu Stammgästen am BahnCard100-Stammtisch und irgendwann würde ein Gruppenfoto der Vielfahrer die Wand am hintersten Vierertisch zieren, ihrem „Tisch 9.03 Uhr nach Wolfsburg". Daneben die Ecke samt Fotos und vielleicht sogar Wimpel der „Fahrgemeinschaft Berlin-Frankfurt". Warum ließ die Deutsche Bahn solch ein kultiges Potential ungenutzt? Klar, es waren ICE und keine alten Studentenschänken in Heidelberg, Tübingen oder Marburg, die voll mit alten Aufnahmen und Wappen waren. Aber warum denn nicht?

Leon hatte eine enge Bindung zu seiner ehemaligen Studienstadt, nicht weil er dort noch häufig war oder viele Freunde vor Ort hatte, sondern rein emotional. Immerhin war das kleine Zimmer mit Bad und Küchennische an den Lahnwiesen seine erste eigene Wohnung. Der 18. Geburtstag, der Führerschein, sein erstes Auto (ein ziemlich schrottiger Golf II), Wählengehen und das Gelöbnis waren alles besondere Schritte auf dem Weg zur Flüggewerdung. Aber den ersten Mietvertrag zu unterzeichnen in einer anderen Stadt war Erwachsenwerden auf Pro-Level. Auch wenn Leon fast nie in seiner Bude war, sondern die meiste Zeit damit verbrachte, nach der Uni durch die Studentenkneipen in Ober- und Unterstadt zu ziehen und alle Fachbereichs- und Verbindungspartys mitzunehmen, die zum Anfang des Wintersemesters stattfanden. Seinen Drucker und Laptop schloss er erst Anfang Dezember an, trotzdem bestand er alle Scheine des ersten Semesters.

Leon liebte es nach den Feiern nachts im schummerigen Licht der alten Laternen durch die engen Gassen und Treppenaufgänge an den Fachwerkhäuschen vorbei zu schlendern. Er fühlte sich wie in das 18. oder 19. Jahrhundert zurückversetzt und wollte wegen der zwangsläufigen Zeitreise „Zurück in die Zukunft" am liebsten gar nicht einschlafen und wieder im Hier und Jetzt aufwachen.

Nach dem dritten Bier erreichten sie den Berliner Hauptbahnhof, den Leon noch als Lehrter Stadtbahnhof kannte. Auf den Ebenen herrschte reges Treiben. Rollkoffer, farbige Stepp- und Softshelljacken im Partnerlook, Anzüge, Leggins, riesige Logos, Tweed, Hawaiihemden, klobige Schuhe und Chucks neben Adiletten und rahmengenähten Penny Loafern, der Stil der Sechziger, Achtziger, Neunziger, alles Retro, alles Retorte, Recycling und trotz der Vielfalt irgendwie einheitlich. Diese Masse hätte genauso gut durch Barcelona, New York oder Kopenhagen wuseln können. Vorbei die Zeit der spezifischen Merkmale. Welcher Franzose, Engländer oder Deutscher unter 30 konnte noch eine traditionelle

Bouillabaisse, ein perfektes Roastbeef mit Yorkshire Pudding oder ein ordentliches Eisbein selbst zubereiten? Aber überall, ob in Paris, London oder Berlin wusste ein jeder wo es den besten Bio-Burger gab. Die internationalen Musikstars stiegen in dutzenden Ländern gleichzeitig in die TopTen-Charts ein, aber klassische nationale Weihnachtslieder beherrschte kaum jemand mehr. Die Durchschnittsheranwachsenden der „westlichen Welt" und ihre ach-so-kreativen Kieze mit den ganzen Kreidetafeln-Bars und Startups verkamen von Kreuzberg bis Brooklyn zu gleich aussehenden, sich bewahrheitenden Klischees. Trachten wurden zu Verkleidungen und die dazugehörigen Volksfeste zu mit Sponsorenbannern überfluteten Motto-Partys. Wie das Dirndl beim Oktoberfest, das sich „Made in China" schnell online bestellt oder bei Tchibo gekauft wurde, und dessen einzig wahrgenommene Unterscheidungsbesonderheit – wenn überhaupt – die jeweilige Bindung der Schleife war, um abzuchecken, wo der nächste One-Night-Stand für die nach Kontinenten sortierte Strichliste wartete.

Vor Leon trödelten zwei Mädels mit kleinen Fjällräven-Rucksäcken und bissen in etwas Undefinierbares zwischen den Händen und Starbucks-Bechern; „Vegan Superfood" stand auf den Verpackungen und Servietten. Die Überlegung, ob die beiden wussten, dass Fjällräven auch ein großer Jagdausstatter ist, brachte Leon zum Schmunzeln.

Beim nördlichen Ausgang wechselte Leon in die gegenüber neu entstehende Europacity, aus der bereits die Total-Deutschlandzentrale ragte. Schräg dahinter Richtung Nordhafen auf der anderen Kanalseite lag der Invalidenfriedhof; vergessen angesichts der dutzenden neuen Denk- und Mahnmale, jegliches Potential einer Entwicklung à la Arlington National Cemetery verkannt. Ein Kommilitone und er hatten dort einmal der bestatteten Persönlichkeiten gedacht und völlig realitätsfern über die Form eines wünschenswerten Wachwechselzeremoniells hier und Unter den Linden vor der Neuen Wache sinniert.

Leon lief die Reste des einst verwahrlosten Schienenareals entlang. Irgendwo hier hatte ein Technoclub gestanden, in den er und seine Freunde öfters gegangen waren; eine große angetrunkene Männergruppe, trotzdem waren sie jedes Mal reingekommen. Damals traf man nicht den halben Easyjet-Terminal in der Schlange. Das heutige Berlin, zumindest diese Feiermekka-Bubble, kam Leon zunehmend wie ein abgehalfterter Vergnügungspark vor, bei dem jeder nochmal schnell vorbeischaute, um die letzten billigen Achterbahnfahrten abzugreifen bevor der Betrieb endgültig pleite ist und Musik und Licht ausgehen wie beim „Spreepark" im Plänterwald. Dann besteigen die Partyheuschrecken die Billigflieger und ziehen weiter zum nächsten Geheimtipp oder angesagten Hotspot. Doch war er selbst soviel anders, stieß es Leon sauer auf als ihm seine Belgrad-Planung für den Herbst einfiel. Zwischen den Baustellen fand er einen ShareNow-Smart, in dem der Vormieter natürlich wieder einfach seinen leeren Kaffeepappbecher stehenlassen hatte.

Durch den Tiergartentunnel, über dem Leon früher den Wagen der Loveparade hinterhergetanzt war, kam er schnell voran, doch danach erwartete ihn ein Stau. Der Verkehr schob sich an der Philharmonie und der Neuen Nationalgalerie entlang, in die ihn seine Eltern als Kind mitgeschleppt hatten – Rainer gehörte sogar dem Verein der Freunde der Nationalgalerie an. Im Schritttempo passierte Leon ein Hotel, in das sein Vater mit ihm Anfang der Neunziger von einer Anti-Rassismus-Demo geflohen war, weil es plötzlich wie aus Kübeln angefangen hatte zu regnen. Mit der damaligen Freundin des Vaters machten sie es sich kurzerhand im Hotelbistro gemütlich und bestellten Ochsenschwanzsuppe und Apfelstrudel zum Aufwärmen.

Quälend langsam aber unaufhaltsam rollte die Fahrzeugkolonne weiter. Ecke Kurfürstenstraße standen bereits die ersten südosteuropäischen Prostituierten. Vor dem berüchtigten Sozialbau Pallas einige hundert Meter weiter war ein Bekannter von Leon, der schon mit 16 eine eigene Wohnung hatte, in einer Telefonzelle niedergestochen worden, weil die Söhne einer Nachbarfamilie dachten, er hätte was mit ihrer Schwester gehabt.

VI

Endlich in seiner Wohnung angekommen, legte sich Leon erst einmal quer auf das blaue durchgesessene Biedermeiersofa, um zu verschnaufen. Wenn er als kleiner Junge krank war, hatte seine Mutter ihn hier in Umschläge mit heißen Kartoffeln auf der Brust eingewickelt und ihm zur Aufmunterung Marzipanbrot oder ein Überraschungsei geschenkt – irgendwo musste er eine recht ansehnliche Sammlung der Nilpferd- und Pinguinfiguren aus den Ü-Eiern haben. Durch die holzgerahmten Doppelfenster konnte Leon zwei Baumkronen, das gegenüberliegende hellrote Dach und den Himmel sehen, an dem früher die Flugzeuge bei ihren Landeanflügen auf den Flughafen Tempelhof ihre Bahnen zogen.

Auf dem Tisch des französischen Café-Ensembles, an dem die Mutter in seinen Kindertagen Gulasch, Aufläufe und Spaghetti Bolognese servierte, lag etwas Obst in der Kristallschale. Von dem Gründerzeitschreibtisch blinkte ihn in behäbigem Rhythmus die Standbyleuchte seines MacBooks wie ein gatsbyhaftes Leuchtfeuer an. Seine Mutter hatte ihm, als sie zusammen mit Rainer eine Eigentumswohnung gekauft hatte, nicht nur ihre Wohnung sondern fast auch ihre gesamte Einrichtung überlassen. Das meiste hatte sie Ende der sechziger, Anfang der siebziger Jahre in West-Berlin gekauft. Das muss man sich mal vor Augen führen: Da demonstrierten die Studenten den einen Tag mit der Mao-Bibel in der Hand und am darauffolgenden Tag zogen sie durch die Antiquitätenläden, um den einstigen Schick des alten Bürgertums aufzukaufen, den ihre Eltern verscherbelten oder wegschmissen, weil sie lieber modernen zeitgenössischen Kram aus dem Möbelhaus bestellen wollten.

Öfters und gerade angesichts der erlebten Konfrontation mit dem Lebensende, fragte sich Leon, ob diese großzügige Schenkung seiner Mutter Segen oder Fluch war. Ganz im Sinne von „Fight Club", dass alles was du besitzt, irgendwann dich besitzt, empfand er Wohnung und Möbel, die man aufgrund der Mietpreisentwicklung sowie der ökonomischen und emotionalen Werte nicht mal eben bei Immobilienscout und eBay-Kleinanzeigen reinstellte, als eine Art Kette – eine goldene zwar, aber eine Kette. Eigentlich wollte Leon nach dem Studium einen Cut machen, Tabula Rasa. Nach der Pflicht des bürgerlichen 25-Jahre-Plans die Kür kommen lassen, umherziehen, alle seine Verwandten, Freunde und Bekannten egal wo sie auf der Welt wohnten, wenigstens einmal besuchen; ausgerüstet mit nur einer Tasche. Stattdessen stand er mit dem Master in der Hand mitten in der Finanzkrise zwar nicht in einem Berufsverhältnis, aber dafür in einer riesigen eingerichteten Wohnung, um die ihn viele beneideten, was er kaum nachvollziehen konnte. Sie war perfekt für ein berufstätiges Pärchen, das geheiratet hatte und das erste Baby erwartete. Aber er war Single und hungrig, nicht nach mehr, sondern nach weniger. So verging selten ein Monat, in dem Leon nicht grübelte, einfach alles zu verkaufen oder zu verschenken. Auch jetzt wieder musste er an Udo Jürgens' „Ich war noch niemals in New York" denken, das ausgerechnet seine Mutter bei jeder Feier zu späterer Stunde mit Freundinnen anstimmte. Udo Jürgens war Leons These nach der einzige Sänger, dessen Lieder am Ballermann, bei den Biedermännern und beim Großbürgertum mitgegrölt wurden; ein Hybrid, ein Daywalker, ein Wanderer zwischen den Welten wie „Blade" – oder Leon selbst.

Doch ein anderer Teil in ihm hing immens an dieser Wohnung und verehrte die Mutter für ihre Schaffung dieser Familienbasis, zu der sie beide immer zurückkehren konnten. Stress mit dem Partner, Unglück in der Fremde, ihr kleines Schloss stand als Rückzugsort bereit. Mochte die Welt um Leon herum verrückt spielen, die vier Zimmer und das winzige Bad waren eine Festung. Er war hier aufgewachsen, kannte jede Macke, jeden Kratzer und jeden gelbbraunen Feuchtigkeitsfleck. Unzählige Wasserschäden hatten seine Mutter und er durchgemacht, insbesondere als nach der Wende das Dach ausgebaut wurde und die polnischen Schwarzarbeiter teilweise auf der Baustelle schliefen und soffen. Dabei war einmal ein junger Mann, der in Polen eigentlich als Erzieher arbeitete, durch die Decke getreten und hing plötzlich mit einem Bein in Leons Kinderzimmer und verteilte überall Schutt auf der Brio-Holzeisenbahn. Eine Überschwemmung war derart monsunartig, dass die Feuerwehr anrücken und die Schutzplanen über dem Dach neu verzurren musste, wofür sich ein Trupp am Balkon mit Seilgurten festmachte und die Fassade entlangkletterte. Das beeindruckte Leon, der mit einem ihm aufgesetzten riesigen Visierhelm zuschaute, derart, dass er Feuerwehrmann werden wollte.

Bei der Reparatur der Schäden stellten die Handwerker der Hausverwaltung fest, dass einige Wände fast hohl waren und ein tragender Querbalken im Boden noch vom Krieg schwarz angekokelt und lediglich mit einer zurechtgeschnittenen drangenagelten Holztür ausgebessert worden war. Also mussten neue Balken eingezogen werden, wozu extra ein Kran kam. Die morschen Wände wurden nur schnell mit Spachtelmasse ausgebessert und dick überpinselt.

Nach dem Auszug der Mutter hatte Leon erneut alles renoviert und gestrichen, alte Bleirohre austauschen lassen und so manchen Riss verputzt. Die alten Dielen hatte er abgeschliffen und vorher freigelegt von den Schichten der Jahrzehnte, in denen seine Mutter die Wohnung als Studenten-WG genutzt hatte. Mühsam hatte Leon den fleckigen Teppich herausgerissen, das darunterliegende esoterisch anmutende PVC-Fliesenmosaik abgekratzt und die zum Vorschein gekommene Ausgleichmasse mit Hammer und Meißel abgeschlagen.

Leon blickte auf seine übervolle Minibar und den roten Ohrensessel. Das Problem bei diesen ganzen Gegenständen war, sie sauber zu halten. Er und seine Eltern hatten nie eine Putzfrau. Sie befürchteten, dass dadurch Sachen wegkommen. Nicht unbedingt, weil die Putzfrau welche stehlen würde, sondern eher weil sie Einbrecherbanden Tipps zu lohnenden Zielen geben könnte. Diese Angst kam Anfang der Neunziger auf, als viele Autos geklaut und zahlreiche Wohnungen aufgebrochen wurden. Leons Vater hatte sogar mit einem Freund in dessen Apartment einen Dieb auf frischer Tat ertappt, der allerdings mit einem Sprung vom Balkon fliehen konnte. Und ein Bekannter seiner Mutter hatte auf dem Flohmarkt in dem Verkaufskatalog eines Uhren-Stands gestöbert und plötzlich seine eigene Chronographensammlung entdeckt, die er aber erst kurz zuvor in den Händen gehalten hatte. Die eingeschaltete Polizei ermittelte schließlich folgende Masche: Die Putzfrau fotografierte potentielle Ware bei ihrer Arbeit, wollte jemand die Objekte kaufen, brachen ihre Komplizen gezielt in den Haushalt ein und stahlen die Schmuckstücke.

Apropos Wertsachen: Leon sollte auch einige Umzugskisten zur Oma mitbringen. Also stand er auf und lief runter in den Keller. Früher hatten die Nachbarskinder und er hier Verstecken gespielt oder so getan, als seien sie eine Räuberbande oder Spione, und der Keller war ein Hauptquartier oder ein Geheimgang. Das Schloss, zu dem ein großer Schlüssel in seiner Wohnung neben dem Kasten mit den alten Drehsicherungen hing, war kniffelig zu öffnen; er musste gefühlvoll den richtigen Winkel mit dem Schlüsselbart finden. An der Wand neben dem schwarzen Kippschalter für das Licht stand in großen abgewetzten Buchstaben „Schutzraum für 117 Personen". Leon machte sich Gedanken um die tatsächliche Schutzwirkung, denn wirklich tief war der Keller nicht. Aus den kleinen Fenstern der Abteile waren die Augen direkt auf Bodenhöhe. Jedes Mal wenn er hier unten über die verschlissenen Stufen ging, fragte er sich, ob diese von den Jahrzehnten oder den vielen gehetzten Füßen während der unzähligen Fliegeralarme im Zweiten Weltkrieg so abgetreten waren.

Im Erdgeschoss wohnte früher eine ältere dicke Frau, die oft, wenn Leon und die anderen Kinder durch das Treppenhaus gingen, urplötzlich ihre Wohnungstür aufriss, hinter der Sperrkette herumschrie oder manchmal sogar herausgestürmt kam und wild gestikulierte. Sie dachten, diese in dunkle Decken gekleidete Frau war so etwas wie eine Hexe und bald trauten sie sich kaum noch durch das Treppenhaus zu gehen. Einmal, als Leon alleine hinunterlief und versuchte so leise wie möglich am Hausdrachen vorbeizuhuschen, ging wieder die gefürchtete Wohnungstür auf und die Frau mit ihrem dunkelbraunen Haar trat heraus; ganz weiß im Gesicht, das sich wie ein heller Punkt von der abgedunkelten Wohnung im Hintergrund abzeichnete. Leon wich zurück. Sie kam auf ihn zu, unaufhaltsam, er war starr vor Angst. Aber plötzlich machte sie halt und ihre sonst so grimmigen Gesichtszüge entspannten sich.

»Junge!« sagte sie in einem ernsten und gleichzeitig sanften Ton, den er zuvor nie von ihr vernommen hatte. Es war eine ganz andere Stimme. »Es tut mir leid, wenn ich euch so erschrecke. Aber die schnellen Schritte auf den Stufen, das Geschrei, das erinnert mich alles an früher. Ich wurde als Mädchen bei einem Bombenangriff mehrere Tage verschüttet.« Sie brach ab, schaute Leon kurz traurig an, drehte sich mit ihrem voluminösen langen Faltenrock um, ging zurück in ihre Wohnung und verschloss die Tür.

Kurz darauf starb die Frau und in ihre einmal durchrenovierte Wohnung zog ein junges Pärchen aus dem Baltikum. Alle Kinder des Hauses waren froh, dass die böse Hexe weg war und tobten durch den Hausflur und den Innenhof, der die drei Aufgänge des Altbaus miteinander verband. Leon dagegen grämte sich irgendwie, denn seine Mutter hatte ihm erklärt, was »verschüttet« bedeutete und was eine »Bombennacht« war, und eigentlich war die Dame ein »armes Schwein«, wie sein Vater schwermütig jeden beseufzte, dem das Leben nicht gut mitgespielt hatte. Und Leon verstand, warum seine Eltern so rücksichtsvoll ständig eine Aussprache mit der Frau gesucht hatten, anstatt ihr die Tür einzutreten und klarzumachen, die Kinder nicht zu erschrecken.

Leon öffnete das Vorhängeschloss des Kellerabteils und drückte die Holzbrettertür maximal auf, damit das Licht der einzigen Glühbirne, die an einem Kabel von der niedrigen Gangdecke baumelte, den kleinen Raum erleuchten konnte. Rechts stand ein großes tiefes Regal. Im untersten Fach lag sein Hörnerschlitten. In den Wintern waren sein Vater und er an den Wochenenden zu einem alten Trümmerhügel gegangen, der nach dem Wiederaufbau bepflanzt wurde und der in der kalten Jahreszeit als Rodelbahn diente. Und wenn sie richtig schnell sein wollten, legte sich der Vater bäuchlings auf den rot-schwarzkarierten Gurtsitz und der Sohn setzte sich auf seinen Rücken.

Als Leon größer wurde und alleine fuhr, guckte er sich diese Technik ab, nahm richtig Anlauf und sprang kopfvornweg mit dem Schlitten von der Abfahrtskante auf die Piste – horizontal wie Superman in der Luft schwebend, konnte ihn selten jemand einholen. Sein

Schlitten und die der Nachbarn standen früher im Hausflur, aber nachdem einige gestohlen worden waren, brachten die Bewohner sie nun in ihre Keller.

Im mittleren Regalfach standen neben einem wilden Haufen Werkzeug drei buntbemalte Benzinkanister; Erinnerungsstücke an die große VW-Bus-Tour seines Vaters irgendwann in den Siebzigern, von der er gern erzählte. Damals waren er, eine Freundin und zwei Kumpels über die Türkei und den Iran nach Afghanistan gefahren und hatten dort ordentlich Drogen getestet; sollten ja mit die besten der Welt sein zu der Zeit. Unter anderem waren sie in den Höhlen an diesen Buddha-Statuen, die 2001 von den Taliban gesprengt wurden. Und in einer dieser Höhlen kaufte sein Vater irgendeinem Hippie einen Schakalmantel ab, mit dem er dann durch die kargen Dörfer zog. Leon stellte sich das bildlich vor, besonders im Vergleich zu seinen drei Freunden, die in mehreren Auslandseinsätzen am Hindukusch waren; in Wüstenflecktarn und mit Panzerfahrzeugen, anstatt in Pelz und mit VW-Bulli. Was so ein Mantel auf einem dieser Hipster-Märkte in Prenzlauer Berg oder Friedrichshain heute wohl bringen würde? Doch sein Vater hatte das Ding auf der Rückfahrt verschenkt, weil der schlecht gegerbte Schakal anfing zu stinken und sie mit ihrer Motorpanne und der Hepatitiserkrankung der Freundin genug Stress hatten. Zumal jeder Mann, sobald er die blonde Frau in dem Volkswagen entdeckte, sofort zum KFZ-Mechaniker oder Arzt mutierte. Zwei befreundete Schwestern, die sie auf dem Hippie Trail getroffen hatten, waren derweil über Nepal weiter nach Kalkutta gereist, hatten sich aber angesichts des Elends in den Straßen von ihrem Vater, einem Bergwerksdirektor, kurzerhand zwei Rückflugtickets schicken lassen.

Im oberen Kellerregalfach fand Leon unter lauter Campingkram schließlich mehrere zusammengefaltete und übereinandergestapelte Umzugskartons. In einer Nische hinter der Wand aus aufgetürmten Plastikkisten mussten noch mehr sein. Er räumte die Kisten beiseite und entdeckte dabei unter einem durchsichtigen Deckel Spielzeug. Leon fing an zu wühlen: Dinosaurierfiguren aus „Die Dinos" und „In einem Land vor unserer Zeit", Micro Machines, ein weißes Tamagotchi, eine kaputte He-Man-Figur, eine Ghostbusters-Figur und mehrere Transformers, die im untransformierten Zustand ein Düsenjet, ein Rennwagen und ein Laster waren.

In einer anderen Kisten lagen neben „Bravo Hits"-CDs alte Klamotten aus der Zeit der Pubertät: eine Dickies-Hose, eine Helly-Hansen-Jacke, eine Diesel-Jeans, ein Pullover von O.G. Gear, einer von Cordon Sports und eine dieser peinlichen schwarz-weißen Adidas-Trainingshosen, die man an der Seite aufknöpfen konnte und die wieder die ganzen Techno-Typen auf pseudoselbstironische Weise auftrugen. Leon musste lachen: Wie sie alle damals aussahen! Die Mädels in engen Orsay-Hosen, bauchfreien Tops, Dutt, riesigen Creolen und weißen Buffalos. Die Typen in Sportpullis und Jeans, die unterm Arsch saßen oder – ganz Gangster – in die Socken oder die Reeboks gesteckt wurden. Dazu kam ein Eastpak-Rucksack und ein steinhart gegelter Mittelscheitel, der so kunstvoll frisiert wurde, dass die zurechtgebogenen Haare vorne auf der Stirn fast ein Herz formten. Die totale kollektive Geschmacksverirrung zwischen East17, Backstreet Boys, Mr. President, DJ Bobo und Eminem; zwischen gecasteten Boygroups, Eurodance und Hip-Hop.

Eine verstaubte Kiste weiter fand Leon Kleidung, die eher aus seiner Kindheit stammte: karierte Hemden, bunte Hosenträger und abgewetzte Jeans mit ovalen Lederaufnähern auf Kniehöhe. Daneben ein Schuhkarton der Marke Kangaroos, Leons Lieblingsschuhe als kleiner Junge wegen des Kängurulogos. Auch die Hemden von Lacoste waren nur wegen des kleinen Krokodils auf der Brust seine erste Wahl. Seiner Mutter ging es um die vermeintlich gute Qualität, die Nachbarn und befreundeten Eltern sahen ein verwöhntes Kind, aber er mochte einfach die Tierembleme. Und das erst recht, nachdem Leon das Buch „Vorstadtkrokodile" in der Schule gelesen hatte. Er schnitt vorgezeichnete Krokodile aus Leder aus und die Mutter nähte sie auf seine Jeans, so wie die Mitglieder der Kinderbande das als Erkennungszeichen trugen.

Damals hatten seine Mutter und er oft solche kreativen Werkelprojekte umgesetzt. Einen großen Karton für seine Playmobil-Eisenbahn verwandelten sie mit Hilfe von zurechtgeschnittenen und angemalten Eierpackungen und Klopapierrollen in einen schuppigen grün-blauen Drachen mit Schwanz. Einen schwarzen Overall verwandelten sie mit leuchtender weißer Farbe in ein Skelettkostüm. Und aus Pappe bastelten sie eine Ritterausrüstung mit Brustpanzer, Schild und Schwert. Auf den Schild und den Harnisch zeichnete er am Frühstückstisch mit seinen Buntstiften einen Löwen, sein Sternzeichen und das Lieblingstier seiner Mutter.

Leon merkte, wie seine Mundwinkel bei den Erinnerungen automatisch nach oben zogen, aber kurz darauf wieder runterfielen. Denn bei seinem ersten heiß ersehnten Einsatz der Ritterausstattung auf dem Spielplatz lachten die Kinder, die von ihren Eltern mit stabileren Plastikschwertern und -helmen aus der Karstadt-Spielwarenabteilung ausgestattet wurden. Ihre kupferfarbenen, auf die Rüstungen geklebten Wappen-Raubkatzen und -Greifvögel waren im Gegensatz zu seinem abstrakten Löwen-Gekrakel auch als solche zu erkennen.

In der Kangaroos-Schachtel befanden sich keine Schuhe, sondern drei Videokassetten. Eine trug die Handschrift seines Vaters: „Goldene Hochzeit Oma & Opa". Die zweite war von Leon selbst beschriftet worden: „Kopien Dolly Buster & Gina Wild". Die dritte war eine professionelle Verkaufs-VHS des Kinofilms „Dennis", dessen Lausbubenstreiche Leon fast so gerne schaute wie die von „Michel aus Lönneberga". In einem zweiten Schuhkarton lagen zwei viereckige schwarze Sammeltaschen mit gebrannten DVDs. Leon wurde warm im Bauch. Das waren Zeiten, DVD-Abende, der Klassiker.

Hinter den ganzen Kisten fand Leon weitere Umzugskartons und sein altes Bodyboard. Beim Berühren des Fiberglasbodens kam es Leon vor, als erreiche eine Brise salziger Meeresluft seine Nasenschleimhäute. Die Frische des Atlantiks, die er so gut kannte, katapultierte ihn direkt auf die Dünen in Lacanau Océan. Vor ihm rollte die weißschäumende Brandung aus, in der zahlreiche Surfer die letzten Meter ihres Wellenritts meisterten oder unter ihr hinwegtauchten. Die glücklichsten Augenblicke seiner Kindheit hatte Leon in seinen Sommerferien in Frankreich, wenn er auf seinem Surfbrett saß, im Meer auf und ab wiegte, in den unendlichen Horizont das Wasser entlangblickte und auf die nächste Welle wartete.

Vier Wochen mieteten seine Mutter und sein Vater jedes Jahr eine alte Villa zusammen mit befreundeten Familien; Spielkameraden für ihn und für seine Eltern. Jährlich im August fand in dem Ort eine Etappe für die Qualifizierung zur Surf-Weltmeisterschaft statt. Zum 7. Geburtstag bekam Leon das kurze Bodyboard geschenkt, auf dem man liegend die Wellen nahm. Zum 10. Geburtstag gab es einen fünftägigen Surfkurs und das erste richtige Surfbrett. Draußen auf dem Meer vergaß Leon alles, die Uhrzeit, den Sonnenschutz und seine Mutter, die nackt und nervös am Strand hin und her lief und rief, er solle nicht soweit raus paddeln. Aber sie war nur noch ein hautfarbener Punkt und ihre Stimme verlor sich im Wind und in den brechenden Wellen. Oft war er der Jüngste dort draußen. Die älteren Surfer schauten ihn erstaunt, besorgt, aber manchmal auch wütend oder belustigt an, wenn er an ihnen vorbeiglitt. Er wollte noch weiter weg, hinter die Wellen, zu ihrem Ursprung. Da draußen auf dem Atlantik, wohin die Rettungsschwimmer schon gar nicht mehr schwammen, sondern gleich den feuerroten Hubschrauber anforderten, waren die Streits der Eltern und ihre unzähligen aufreibenden Versöhnungsversuche weit weg. Hier war Leon bei den großen Jungs mit den Neoprenanzügen, obwohl er selbst nur ein T-Shirt an hatte. Hier war er bei den Freien, die über ihr Leben selbst bestimmten, die in abgefuckten Campern direkt an den Dünen schliefen, die abends an den Lagerfeuern sangen und tranken. Und bei denen immer Leons erster großer Sommerschwarm saß, die Freundin der älteren Tochter einer der Familien, die mit im Haus wohnten.

Wenn die Erwachsenen abends im Garten im Schein der Anti-Mücken-Kerzen den zuvor auf dem Markt in großen Kanistern gekauften Rotwein tranken, gingen die Teenagermädchen zur Promenade, sich mit den Strandbekanntschaften des Tages treffen. Und sie nahmen Leon manchmal mit. Der sah mit seinen langen Haaren, der braungebrannten Haut, den Reef-Latschen und den bunten Wellenreitershirts sowieso aus wie einer dieser Surferboys. Die waren indes ordentlich angepisst, wenn die Mädels zwar Zigaretten und Weinflaschen abgriffen, aber einen kleinen Jungen mitbrachten, der dazu eine ganz schön große Klappe hatte. Leon dachte jedoch gar nicht daran, den Großen freie Bahn zu lassen. Er managte seit Jahren das Beziehungs-Hin-und-Her seiner Eltern, dagegen waren die Gruppendynamiken dieser Teenies simpel. Wenige Jahre zuvor hatte er noch „Tim und Struppi" oder „Asterix" in der örtlichen Buchhandlung gelesen, in der die Kindercomics direkt neben den Erwachsenencomics lagen, in denen das Blut spritzte und andauernd detailgetreu gevögelt wurde. Oder Leon hatte ein paar Hundert Meter weiter im Kinderkarussell in blinkenden Helikoptern oder Cabrios gesessen und begeistert versucht, den an einer Schnur über den Köpfen kreisenden Stofftieraffen zu fangen, um eine Freifahrt zu gewinnen. Nun tippelte er mit zwei angehenden Frauen mit wunderschönen langen Locken über die Partymeile, schoss auf Zombies in der Spielhölle, aß zusammengerollte Pizza, trank Orangina aus den kleinen rundlichen Flaschen, schaute beim Hacky Sack zu und fragte die Runde über Skateboards aus. Zweierlei werden Trennungskinder schnell: abgeklärt und erwachsen.

Eines Abends als sie wieder zurück in der kleinen Villa waren, erzählten sie sich zu dritt Witze und Leon präsentierte eine seiner Punker-Geschichten aus der Großstadt. Die waren legendär, weil er die Iroträger wie die Skins wegen seiner Lieblingscomics „Der kleine Punker aus Berlin" und „Flucht aus Berlin" bis ins kleinste Detail studierte, wenn er welche sah. Die Nacht war fast rum und er wollte er gar nicht zu sich ins Zimmer gehen, da ließen ihn die Mädels bei sich in dem großen Doppelbett schlafen. Und natürlich lief nichts, dafür war er wirklich noch zu jung, aber wie sich sein Schwarm wegen der Hitze bis aufs Höschen nackt auszog, sich mit ihren warmen festen Brüsten zu ihm beugte und einen Gutenachtkuss gab, das würde er niemals vergessen.

Leon packte mit einer inneren Zufriedenheit, die er sehr lange nicht mehr verspürt hatte, die Klamotten und Kisten wieder zusammen und schnappte sich die gefalteten Umzugskartons. Er schloss das Kellerabteil ab und machte sich auf den Weg zurück in den vierten Stock. Auf halber Strecke musste er kurz alles abstellen, bevor ihm die sperrigen Kartons aus den Händen glitten. In diesem Moment kam ihm ein Mann von oben entgegen ohne zu grüßen. So etwas nervte Leon, auch weil er den Typen gar nicht zuordnen konnte. Ohnehin kannte er die meisten Mieter gar nicht mehr. Als seine Mutter hier noch gewohnt hatte, kannte jeder jeden und die zwei Nachbarinnen auf ihrer Etage kamen regelmäßig zum Kuchenessen vorbei, den die eine von ihrer Arbeit in einer Konditorei mitbrachte. Die andere, eine ältere Witwe, passte hin und wieder auf Leon auf, wenn seine Mutter abends wegging und keinen Babysitter fand. Leon spielte mit ihrem geliebten Wellensittich, der dafür bei geschlossenen Fenstern aus seinem Käfig durfte und mit einer leeren Klopapierrolle mit lauter Vogelaufklebern darauf angelockt wurde. Er piepste dabei immer ganz vergnüglich und stupste die Rolle vor sich her, »um Küsschen zu verteilen« wie die Nachbarin sagte.

In dem Stockwerk, auf dem Leon gerade pausierte, hatte damals ein Junge in seinem Alter gewohnt, Kevin. Wenn dessen Eltern Spätschicht hatten, schauten die Kinder aus dem Block bei ihm Filme mit Bruce Lee, Chuck Norris, Michael Dudikoff oder Billy Blanks; dem Typen, der später das Fitnesskonzept „Tae Bo" erfinden sollte. Und dann beschaffte sich Kevins Vater einen Computer, eine Riesensache zu der Zeit. Das Gerät bekam sogar ein eigenes Zimmer. Einmal die Woche durften sie „Prince of Persia" oder so ein anderes Game spielen, bei dem man mit Kanonen umherschoss. Ein anderer Freund kaufte sich daraufhin von seinem Kommunionsgeld einen Commodore 64 und hatte kurz darauf Dutzende Spiele, auch so ganz skurrile, bei denen man mit schlechten Pixelfiguren um die Wette bumsen musste. Natürlich war Leon tierisch neidisch, da ihm als Ungetauften diese Finanzspritze verwehrt blieb.

Während Leon die letzten Treppen nahm, überlegte er, wann das Computerzeitalter bei ihm Einzug gehalten hatte. Es musste deutlich später gewesen sein, im Zuge der Veröffentlichung von Windows 95, wegen der alle, sein Vater inklusive, ganz aus dem Häuschen waren. Erst kürzlich hatte Leon wieder das Video auf YouTube gesehen, wie Bill Gates und seine Kompagnons in ihren in die Hosen gesteckten Poloshirts bei der Windows-Präsentation zu „Start me up" von den Rolling Stones tanzten. Selbst diese „Opfer", wie sie bei Leon auf dem Schulhof genannt worden wären, bedienten sich der Rockmusik, mit der Leons Vater und seine Kumpels jahrzehntelang ihre angebliche Unangepasstheit zelebriert hatten.

Leon und sein Vater zogen kurz nach dieser PC-Revolution mehrere Tage lang durch die überall aus dem Boden schießenden Computerläden, in denen man sich seinen Rechner individuell zusammenstellen konnte. Aber es war zum Verrücktwerden. In den Prospekten war jede Woche eine noch krassere Zusammenstellung, ein noch leistungsfähigerer Prozessor oder ein noch größerer Arbeitsspeicher. Sie konnten sich nicht entscheiden. Wenige Tage nachdem man das Geschäft mit einem riesigen Karton verlassen hatte, war dessen Inhalt schon wieder veraltet. Selten wurden Tausende Mark so schnell verbrannt. Der Computerladen, in dem sie letztlich ihren ersten Rechner gekauft hatten, wuchs in den Neunzigern auf zwei Etagen an, schrumpfte in den Nuller Jahren auf das Souterrain zusammen und dümpelt heute im Hinterhaus als Smartphone-Werkstatt und Festplatten-Rettungsstelle vor sich hin.

Doch als damals die ersten computergeschriebenen Einladungskarten mit der gewellten Windowsschrift in Regenbogenfarben eintrudelten, war klar: Jeder Bildungsbürgerhaushalt stellte sich nun so ein Gerät in die Wohnung. Während einige Sprösslinge gar nicht mehr von den Computern wegzubekommen waren – und damit den Grundstein für die heutige Diktatur der Nerds legten – konnten die meisten mit den »High-tech-Geschossen«, wie Leons Vater die riesigen Rechnertürme und Röhrenbildschirme nannte, gar nicht viel anfangen. Und so zockten zum Ärger der Eltern auch Leon und seine Freunde lediglich Spiele wie „Fifa Soccer", „Worms", „Need for Speed", den neuesten Flugsimulator oder gleich Ego-Shooter wie „Duke Nukem", „Doom" oder „Postal". Die Erziehungsberechtigten, die mit Softpornos à la „Emmanuelle" oder „Heidi Heida" wenn überhaupt nur wegen des dargestellten Frauenbildes Probleme hatten, versuchten vergeblich strengere Grenzen zu ziehen.

Gleichzeitig verloren die Lehrer vollends den Bezug zur Lebensrealität der Schüler und die schlechte IT-Ausstattung der Schulen wurde für jeden ersichtlich. Während der Großteil der Schulen antiquarische Rechner mit Uralt-Programmen in irgendeinem Kämmerlein zu stehen hatten, die zudem höchstens zwei, drei Lehrkräfte bedienen konnten, stand bei vielen Schülern das Marktaktuellste. Eigentlich hätten die Schüler die Lehrerschaft unterrichten müssen. Stattdessen sollten Leon und seine Klassenkameraden Zeichnungen, Tabellen und Anschreiben anfertigen, deren Erstellungsweg aufgrund des Softwarealters außerhalb des Unterrichts kaum nützlich war. Die Schüler wandten sich nach Schulschluss ohnehin lieber unter dem knarzenden Geschrei der ersten Modems den interessanten Möglichkeiten des Internets zu. Nur wenigen Lehrern fiel auf, dass die Referate und Hausarbeiten einiger sonst eher mittelmäßiger ruhiger Schüler sprunghaft besser wurden.

Dann kamen ICQ, Flirtforen und Filmportale für Raubkopien, und immer mehr Typen sahen sich überhaupt nicht als nerdige Opfer, sondern bezeichneten sich selbstbewusst als Geeks, die das große Startup-Geld schon damals rochen. Ein paar Schulfreunde von Leon veranstalteten mindestens einmal im Quartal eine LAN-Party, spielten „Counter-Strike" und tauschten untereinander Musik, Spiele und Filme. Für ein Wochenende sperrten sie sich regelrecht bei jeweils einem zu Hause in dessen Teenagerzimmer ein und schliefen in Schlafsäcken auf dem Boden unter den Schreibtischen zwischen Kabeln, Mehrfachsteckdosen und surrenden Rechnerlüftern. Leon kam zwischendurch für zwei, drei Stunden vorbei. Seinen Computer zu Hause abzubauen, durch die Gegend zu transportieren und wieder aufzubauen war ihm zu stressig. Die kurze Visite reichte aus für einige schnelle Runden Headshots kassieren, und um sich den neuesten Stoff auf eine externe Festplatte zu ziehen – die

Schrankwand des digitalen Zeitalters. All das, was Leons Eltern regalweise lagerten, passte bei ihm und seinen Freunden in die Jackentasche. Aber sie betrachteten all diese Fotos und Videoclips so gut wie nie. Leon überlegte, wann er sich das letzte Mal die unzähligen Ordner der Schulfeiern und Privatpartys angeschaut hatte – selten, eigentlich ging es nur darum, sie zu besitzen, zu sortieren und abzuspeichern. Selbst die ganzen XXX-Sammlungen waren angesichts von Youporn & Co. in Vergessenheit geraten. Die einzigen Fotos, die er hin und wieder durchging, waren die richtig entwickelten, die sein Vater geschossen und seine Mutter in Alben eingeklebt hatte.

Seine Eltern hatten früher mehrmals im Jahr zum Dia-Abend eingeladen, vorwiegend nach den großen Sommerferien oder zum Jahreswechsel. Der Vater räumte eine Wand von Fotos und Ausstellungsplakaten frei und richtete seinen Diaprojektor darauf. Leon mochte den hellen Lichtstrahl, der den Staub in der Luft sichtbar machte, und das klackende Geräusch, wenn die Dias getauscht wurden. Er bestand darauf, die kleine Fernbedienung mit dem grünen Knopf für vorwärts und dem roten Knopf für rückwärts zu betätigen. Da waren sie wieder, die Bilder. Wie sie mit Freunden am Strand unter dem riesigen orangenen Sonnensegel zeichneten und malten, weil ein befreundeter Kunstlehrer seine ganze Ausrüstung mit in den Urlaub genommen hatte. Wie Leon mit anderen Kindern auf den abgesackten, grotesk aus den Dünen ragenden Bunkern des Atlantikwalls herumkletterte, in der Hoffnung einen brauchbaren Eingang und irgendwelche verrosteten Überbleibsel zu finden;

allerdings waren alle halbwegs vorhandenen Hohlräume vollgeschissen. Wie er sich in seinem Lieblingsbademantel mit den blauen Elefanten darauf ein Eis bei einem mit Kühltruhen schwerbepackten Strandverkäufer holte. Wie sie alle bei Ebbe auf dem freigelegten Sandland Boule spielten oder Muscheln sammelten.

Kurz nachdem Leon seine Wohnungstür aufgeschlossen und die Kartons neben der Garderobe verstaut hatte, klingelte es. Die Lebensmittellieferung, die er gestern Abend vorausschauend online bestellt hatte.

»Da fehlen einige Produkte. Das ist letztens schon einmal passiert«, merkte er sauer an, als der Mitarbeiter ihm die Papiertüten vor die Tür stellte und er einen prüfenden Blick hineinwarf. »Ständig muss ich bei der Bezahlung nachrechnen, das ist kein vertrauenerweckendes Gefühl«, ergänzte Leon.

»Das tut mir leid. Sie sind nicht der Erste, der das anspricht«, entgegnete der gestresst aussehende, aber freundliche junge Mann entschuldigend. »Das liegt an der Personalpolitik. Es wird immer mehr an Subunternehmen ausgelagert. Da bleibt die genaue Einarbeitung auf der Strecke und vielen flexibel Arbeitenden ist die Qualität auch einfach egal. Die bleiben eh nie lange. Die fahren den einen Tag Lebensmittel aus und am nächsten Tag halt Autoteile oder Pakete.«

Leon gab ihm trotzdem einen Euro für die Kaffeekasse und räumte die Tüten in Kühlschrank und Speisekammer. Danach machte er sich eine Dose Linsensuppe mit einem ordentlichen Schuss Essig warm. Zum Essen nahm er einen der tiefen Teller, auf deren Böden Fabeln abgebildet waren. Er entschied sich für das Motiv „Der Fuchs und der Rabe". Mit seiner Mutter hatte Leon als Kind in der Küche ab und zu gebacken und als sie eine Schokopuddingfüllung machen wollten, aber die Mutter ans klingelnde Telefon ging, griff Leon kurzerhand in den Pudding und verschmierte ihn überall, auf dem Tisch, an der Wand und auf dem Boden, weil er sich ein Haus aus Schokolade bauen wollte.

Jetzt so alleine in der Küche bekam Leon wieder Jieper auf ein kühles frischgezapftes Bier. Seitdem viele in seinem Alter Partner, Kinder und einen Job hatten, waren Kneipentouren selten geworden. Kurzentschlossen erhob sich Leon und verließ die Wohnung. Einige Minuten später stand er vor dem Jugendcafé der evangelischen Gemeinde. Während ihrer Oberschul- und Studienzeit hielten er und seine Freunde, von denen er mit zweien in einer WG gewohnt hatte, hier wöchentlich einen Stammtisch ab. Das Berliner Kindl kostete einen Euro pro Halbliterflasche, Kickern und Billard waren gratis. Das führte dazu, dass sie in Teams teilweise bis spät in die Nacht zockten. Eine Truppe Studenten, die sich aus der Jugendarbeit kannte, schmiss den mit Film- und Musikplakaten tapezierten Laden in Eigenregie. Wenn es aber darum ging, aufzuräumen oder neue Getränke einzukaufen und in die Kühlschränke zu tragen, packten alle mit an. Gemeinsam fuhr man auf Festivals, schaute Fußballspiele und DVDs in dem neu eingerichteten Heimkino. Sie feierten zusammen Silvester und stießen jeden Herrentag sowie jeden Heiligabend nach der Christmette an. Im

Café war alles vertreten. Ralph Lauren tragende Verbindungsstudenten aus Dahlem schliefen ihren Rausch auf den gespendeten Couches aus, und angezeckte Kiffer aus Kreuzberg befriedigten in der kleinen Küche ihren Fressflash mit Tiefkühlpizzen. In dem zugetaggten Seitenaufgang, fern der blitzeblanken Räume für den Chor und den Kirchenvorstand, wurde soviel Gras gepafft, dass bei jedem Türöffnen eine dichte Rauchwolke in den Schein der Lampen über dem Kicker waberte. Nun waren die Räumlichkeiten verschlossen.

»Alles dicht«, sagte eine zufällig aus dem Gemeindehaus kommende ältere Dame, die fast über zwei umgekippte versiffte Miet-E-Scooter stolperte. »Es haben sich keine jungen Leute mehr gefunden, die ehrenamtlich die Organisation übernehmen wollten.«

Beim folgenden Stopp rauschte Leons Laune noch tiefer in den Keller. Nach über 60 Jahren hatte „Das Stübchen", in dem sogar Hochzeiten stattgefunden hatten, dichtgemacht. Vor dem Eingang der stattdessen eingezogenen Shisha-Lounge stand ein „Geschlossene Gesellschaft"-Aufsteller sowie ein Bentley mit bulgarischem Kennzeichen quer über den Gehweg. Enttäuscht zog Leon weiter zur nächsten Station. Doch anstatt „Zur Post" in braungelber Fraktur begrüßte ihn eine weiße Schrift: „Relax Inn". Der urige alte Holztresen war verschwunden. Stattdessen tauchten Leuchtschläuche die auf Wandbrettern aufgereihten Gläser in helles Neonlicht. Zwei blinkende und tutende Darts-Automaten hatten „ihre Ecke" mit dem gemütlichen Sitzrondell aus dunkelgrünem Filz ersetzt. Der neue junge Wirt, dem Akzent und einer kleinen Karo-Flagge neben der Kasse nach ein Kroate, war freundlich und das Jubi vom Fass schmeckte, aber es war nicht mehr dasselbe. Wie oft hatten sie sonntags hier gesessen, um gegen ihren Kater zu kämpfen? Die alte Inhaberin und ihre Schwestern zauberten für einige Euro ein All-Inclusive-Frühstücksbuffet vom Feinsten mit Kaffee, Omelett und Zwiebelmett satt. Im Séparée hatte Leon seine Ex-Freundin – wer braucht schon Tinder – bei mehreren Absackerrunden Berliner Luft kennengelernt. Jetzt war alles wie hinweggefegt. Nach einem Bier ging Leon wieder.

In Selbstvorwürfen verstrickt, er hätte weniger nach Mitte und Friedrichshain in Hipsterbars gehen sollen, schlenderte Leon weiter. Doch auch „Der Artist" hieß nun irgendetwas mit „Inn" und war wegen Renovierungsmaßnahmen geschlossen. Ein ähnliches Bild schockierte ihn bei „Peters Pinte". Sie war die letzte Kneipe in Leons Straße, nachdem die Eckkaschemme direkt vor seinem Haus bereits Mitte der Neunziger dichtgemacht hatte. So entwickelte sich Peter zu einem Treffpunkt der Nachbarschaft; geführt von Vater und Sohn, die zusammen viel Sport machten, selbst nicht zu den besten Kunden wurden und auf eine gute Durchmischung des Publikums achteten. Mit dem einen sprachen sie mehr und tiefgründiger, andere ließen sie in Ruhe. Schüler saßen neben Rentnern und Arbeiter neben Studenten. Die Betreiberfamilie hatte noch eine Kneipe in Neukölln. »Die Araber haben allerdings schon damals dort Druck jemacht«, hatte der Senior einmal erzählt. »Irgendwann haste da keene Lust mehr druff!« Zu den Drohungen kamen absichtlich beschmutzte Klos und zerstörte Einrichtungsgegenstände. Gleichzeitig nahm die Konkurrenz durch angesagte Läden für Zugezogene zu. Also gab Peter das Neuköllner Lokal auf und konzentrierte sich auf das in Leons Viertel. Aber den Lebensabend vor Augen machte Peter einige Jahre später Schluss – diesmal freiwillig – und übergab die Schenke an einen neuen Wirt. Der hatte jedoch nicht so ein geschicktes Händchen mit den Gästen, so dass die verrauchten Automatenspieler, die schon mittags beim Weinbrand saßen, die Oberhand gewannen. Kunden blieben aus oder wechselten ins deutlich teurere, aber aufgeräumtere Irish Pub.

Nun war das Lokal ganz weg. Stattdessen war anscheinend eine Unterkunft für Migranten in den Räumlichkeiten entstanden, wie ein großer Briefkasten mit arabischen Namen und der Halbmondaufkleber einer Flüchtlingsberatungsstelle verrieten. Vor dem alten Eingang hatte man mit Heckenkästen und einem hochgezogenen Holzzaun einen Vorbereich geschaffen, der von der alten Markise mit dem überklebten Kneipennamen überdacht wurde. Das große Fenster, in dem früher die Bierschilder hingen, war mit Vorhängen zugezogen. Doch durch einen grell erleuchteten Spalt konnte Leon erkennen, dass Rigipswände im Innenraum mehrere kleine Zimmer geschaffen hatten.

Schon während der Jugoslawienkriege wurde bei Leon um die Ecke ein Flüchtlingsheim auf dem Parkplatz eines kurz darauf geschlossenen Hallenbads errichtet. In dem Bad, das aus der Kaiserzeit stammte und bloß ein kleines ovales Becken, aber dafür etwa 20 Badewannenkabinen bot, hatte Leon in der Vorschule schwimmen gelernt. Wenn sie sich als Klasse in ihren bunten Badeanzügen und Speedo-Badehosen vor den Duschen aufstellten, in dieser großen basilikagleichen Kuppelhalle mit türkisen Kacheln, hohen Säulen, halbrunden Fenstern und verschnörkelten hellblauen Jugendstilgeländern, sah es aus, als hätten sie unter den Duschbrausen eine Zeitreise hundert Jahre zurück in die Vergangenheit unternommen. Nur dass sie im Vergleich zu den auf Fotos abgebildeten Bademeistern mit gezwirbelten Schnurrbärten und geringelten Männerbadeanzügen total deplatziert wirkten und wie Aliens erschienen. Schade, dachte sich Leon, dass das Stadtbad aufgegeben wurde. Wäre es im Prenzlauer Berg und würde man es renovieren und irgendein Yoga-Retreat-Zeug mit Vulva-Workshop anbieten, die Leute würden den Besitzern die Bude einrennen.

Vor einem Sportwetten-Café auf dem Rückweg saßen ältere, biertrinkende, deutsche Männer und junge, meist südländische Cola-Trinker. Hinter einem Rennpferdbanner tauchte plötzlich ein bekanntes feixendes Gesicht auf, ein alter deutsch-polnischer Freund aus der Schulzeit.

»Hey Leon, wie geht's?«

»Mhh, ganz okay. Und selbst?« grüßte Leon ihn ausweichend; keiner wollte doch ernsthaft wissen, wie es einem gehe. »Lange nicht gesehen. Ich dachte, du wolltest zu deiner Schwester nach Neuseeland ziehen.«

»Das hat nicht funktioniert, die sind da nicht so locker drauf wie hier«, bekam er als Antwort.

Leon erinnerte sich an den ganzen Terz und die damit verbundenen Kosten damals. Die Schwester, die ebenfalls auf seine Schule gegangen war, musste einen Englischtest bestehen, erst einen Job finden und hin- und herfliegen, damit alles klappte. Von ähnlichen Erfahrungen hatte ihm erst kürzlich eine Studienfreundin erzählt, die nach Australien auswandern wollte, weil ihr Verlobter aus Down Under kam. Ein Partnervisum sei aber richtig teuer wegen des ganzen Papierkrams, und außerdem prüften die Behörden dort richtig hart.

»Und, was machen die anderen polnischen Jungs«, wandte sich Leon wieder seinem Kumpel zu, »habt ihr noch Kontakt?«

»Ja klar, Jakub ist mit Frau und Kind nach Polen gezogen. Marek auch.«

Reflexartig gingen Leon all diejenigen durch den Kopf, die in den vergangenen Jahren Deutschland verlassen hatten. Allein vier Bekannte – einen Arzt, eine Anwältin, eine Bankerin und einen Berater – hatte es in die Schweiz verschlagen. Wenn man eine gute deutsche Ausbildung vorweisen kann, bekomme man im Ausland sofort etwas, hatte ihm bereits ein ehemaliger Bundeswehrkamerad versichert, der mit Kanada geliebäugelt hatte, dann aber eine Beamtenstelle in Berlin ergattern konnte. Leon kam unweigerlich der türkische Nachbarsjunge in den Sinn, mit dem er in der Grundschule Butterbrote gegen frische Großmarkt-Mandarinen getauscht hatte, und der schon seit Jahren von seinen Rückkehrplänen in die Türkei erzählte. Überlegungen, von denen eine befreundete ungarische Mathematikerin, die erst vor acht

Jahren nach Deutschland gekommen war, beim letzten Telefonat ebenfalls sprach.

Könnte er seine Heimat verlassen? Oder wie einige es anscheinend gemacht hatten: Erst abhauen und später irgendwann wiederkommen? Geht das so einfach, dieses Wechseln und Austauschen? Mit diesen marternden Gedanken legte sich Leon kurze Zeit später, nachdem er mit dem alten Freund noch ein Wegebier aus der Flasche getrunken hatte, müde in sein Bett. Ein Arbeitskollege, der sich längst im »Joker-Modus« befand, wie er es selbst nannte, predigte ständig, es stünden lediglich vier A's zur Auswahl: »Auswandern, Ausrasten, Anpassen oder Abwarten.«

VII

Nach dem Frühstück am Tag darauf wollte Leon sich, bevor er in die Wohnung der Mutter fuhr, ein Buch über die Schlacht um Budapest kaufen. Die Besuche an den Gräbern seiner Großväter hatten dieses ältere Vorhaben wieder emporgespült.

Vor seinem Haus in der Dreißigerzone stauten sich die Autos, größtenteils SUVs und Oberklasselimousinen. Seitdem sich die Privatschule um die Ecke auf einem ehemaligen Schrottplatz mit einem kubusförmigen Erweiterungsbau verdreifacht hatte, herrschte hier jeden Morgen Verkehrschaos. Können die verwöhnten Gören heutzutage nicht mehr alleine zur Schule gehen, dachte sich Leon genervt, während sich zwei in Balenciaga-Jogginghosen und Moncler-Westen gekleidete Schwestern aus einer batmanmäßigen mattschwarzen G-Klasse schälten. Seine Klassenkameraden und er hatten sich während ihrer Schulzeit jeden Morgen runtergeklingelt und waren mit ihren Scout-Ranzen zusammen zu Fuß gegangen. Damals – es gab noch einen Hausmeister und nicht nur eine rumänische Putzfrau, die einmal pro Woche den Flur unmotiviert durchwischte – war das Klingelbrett an seinem Eingang einheitlich gestaltet, alle Namen waren in der gleichen Schrift ausgedruckt. Jetzt hing dort ein Sammelsurium an mit Tesafilm drangeklebter, per Hand beschrifteter Namensschnipsel, Schlüsseldienstflyer und Visitenkarten von Entrümpelungsfirmen.

Von ihrem Taschengeld hatten sie sich in einer kleinen Bäckerei auf dem Schulweg Sauerschlangen für 10

Pfennig, Weingummi-Lollis für 20 Pfennig und weiße Mäuse für 30 Pfennig das Stück gekauft. Die Bäckerei, in der wirklich jede Nacht frisch gebacken wurde, gab es mittlerweile nicht mehr. Vor dem seit Jahren leerstehenden Laden und dem insgesamt eingerüsteten Haus erhob sich nun eine hölzerne Werbetafel: „Secret Urban Gardens – Luxus-Eigentumswohnungen zu verkaufen. Als Kapitalanlage oder zur Eigennutzung". Neben dem Schild stand ein elegant gekleideter Mann mit graumeliertem Vollbart und mehreren Klemmmappen in der Hand, der laut auf arabisch in sein Mobiltelefon redete. Auf dem Gerüst riefen sich mehrere Arbeiter in vollgekleckesten Latzhosen irgendetwas auf Türkisch zu, während sie den graubeigen Kratzputz mit weißer Farbe überstrichen. Luxus, ja genau, entfuhr es Leon innerlich sarkastisch.

Nach dem Unterricht hatten seine Freunde und er auf dem Heimweg oft in einem Kiosk haltgemacht, der von den Zigarillos des Besitzers völlig verraucht war. Dort kauften sie Sammelbildchen von Fußballern in Schnäuzer-Goldkettchen-Optik für ihre Panini-Hefte. Doch das einzige Heft, das Leon jemals vollbekam, war das der „Teenage Mutant Hero Turtles". Darin gab es Spezialfelder für seltene silberne Sondersticker, welche die Hauptfiguren einzeln in Szene setzten, und nach denen sie immer als erstes die Stickertütchen durchsuchten. Der Kiosk war inzwischen zu einem Backshop-Lotto-Blumenladen geworden, in dem sich die DHL- und Hermes-Pakete bis unter die Decke stapelten.

Leon lief unter den Kastanien und Linden „ihre Straße" entlang. Hier hatten sie im Sommer Wasserschlachten mit Super Soakern und Wasserbomben veranstaltet, die sie an den kleinen Hähnen in den Vorgärten der Mietshäuser auffüllten. Dann kamen auch diejenigen dazu, die in andere Klassen gingen. Sie waren zu siebt: Leon; Kevin aus dem gleichen Eingang; Alex aus dem Nachbareingang, bei dessen fünfköpfiger Familie Leon oft zu Mittag aß, wenn seine Mutter länger arbeiten musste; Vinto, der mit seinem ganzen Roma-Clan in umgebauten Kellerräumen wohnte; Christian aus dem Neubau gegenüber; der rothaarige Kryštof aus dem Eckhaus auf der anderen Seite der Kreuzung und Flo eine Straße weiter.

Als Leon zum Schlüsselkind mit mehr Eigenverantwortung aufstieg, gingen sie bei Regen häufig zu ihm und zappten sich durch die Talkshows und Sitcoms: „Arabella", „Andreas Türck", „Alle unter einem Dach", „Eine schrecklich nette Familie". Oder sie schauten „Die Simpsons", „Parker Lewis", „Saber Rider" und die „Kickers" mit dem unrealistischen „Teufelsdreier", der sie an die penetranten Hütchenspieler in der Shoppingmeile erinnerte. Bei „BraveStarr" wünschten sie sich auch „Kräfte des Bären" und „Augen des Falken". Und wenn Tsubasa Ozora und „Die tollen Fußballstars" mal wieder über das lächerlich lange und gewölbte Fußballfeld stürmten, um einen sich oval verformenden Fußball so doll ins Tor zu hämmern, dass der sich Sekunden im Netz drehte, johlten sie alle:»Als ob! Story!«

Aber am liebsten hatten sie draußen gespielt, wie in der kleinen Grünanlage, an der Leon nun vorbeikam. Im

Winter waren die Schneeballschlachten auf dem zugefrorenen Teich in der Mitte der Anlage regelmäßig ausgeartet. Ihre Lieblingsbeschäftigung war es, das Eis am Rand aufzukloppen und möglichst große Schollen hintereinander in Richtung Teichmitte zu formen, über die sie als Mutprobe vom Ufer aus rennen mussten, so dass sie jeweils nur für wenige Millisekunden einen tragenden Boden auf den einzelnen Eisschollen hatten. Am Rand der Grünfläche befand sich ein Spielplatz mit einer sehr langen Seilbahn, bei der sie nach der Schule, die direkt gegenüber lag, „Star Wars" oder „Krieg der Knöpfe" spielten.

Leon wurde aus seinen Gedanken gerissen als einer dieser sich im Stadtbild häufenden weißen Vans ziemlich rasant vor ihm bremste und stehenblieb. Ein gehetzt wirkender Mann mit südosteuropäischen Gesichtszügen sprang aus der Fahrerseite, eine große Gartenschere in der Hand. Mit rekordverdächtigen unpräzisen Schnitten schritt er die Hecken entlang. Die Äste und Blätter sowie der überall verstreute Müll landeten schnell in einer schwarzen Plastiktüte und fix ging es weiter – für den aus dem Teich ragenden rostigen Einkaufswagen war wohl kein Platz mehr in dem Gefährt. Am Briefkasten in Leons Straße spielte sich letztens ein ähnlicher Ablauf ab: Ein anonymer, etwas heruntergekommener Transporter ohne Posthornemblem hielt in zweiter Reihe. Ein drahtiger orientalischer Mann in Freizeitklamotten anstatt in Gelb-Schwarz stieg aus. Der prall gefüllte Briefsack landete unsanft auf der Ladefläche.

Leon erreichte die andere Seite der Grünanlage, wo früher eine Currywurstbude stand. Die ältere Betreiberin mit ihrem auffällig blau geschminkten Lidschatten – ein Berliner Original – hatte ihm und seinen Freunden so manchen Snack zubereitet. Ein Brötchen mit Ketchup gab es für sie zum Sonderpreis von 20 Pfennig. Die Bude war mittlerweile ein Gemüsedönerladen. Dahinter erstreckte sich die Hauptstraße, das Herz des Kiezes. Hier lagen alle kleinen Geschäfte, die jenseits der großen Einkaufszentren auf der anderen Seite des Viertels noch übrig geblieben waren. Leon mochte es, dort seine Einkäufe zu erledigen. Er fühlte sich auf eine ganz besondere Art als ein Teil dieses Mikrokosmos. Obwohl sich dieses Universum in den vergangenen Jahren rasant verändert hatte. Der Schuster, bei dem Leons Mutter ihre hohen Absätze neumachen ließ, war zu einem Handyshop geworden, in dessen Schaufenster lauter Werbeträger für ausländische Telefontarife hingen. Am Eingang der einstigen türkischen Schneiderei, die Leons Faschingskostüme genäht und bei der Leons Vater mal ein Autoradio gekauft hatte, kündigte eine Luftballongirlande die Neueröffnung eines E-Zigaretten-Geschäfts an. Der alte Bolle, dessen Fleischer seine Mutter nur »Meester« nannte, obwohl sie gar nicht berlinerte, wurde zuerst ein Butter Beck und dann ein Meyer Beck. Leons Aufgabe im Haushalt war zu der Zeit die Leergutrückgabe. Die Hälfte des eingesackten Kleingelds durfte er für sein Sparschwein behalten. Es gab noch keine Pfandautomaten, bei denen ständig das schmale Flaschenfließband streikte oder der Sammelbehälter voll war oder der Mülleimer für nicht entgegengenommene Marken überquoll. Leon musste an der Tür zum Lager klingeln, dann kam ein Verkäufer, zählte das Glas und tippte ihm einen Bon an einer dieser Kassen zusammen, wie sie Tante-Emma-Läden benutzten. Wenig später war es auch mit Meyer Beck zu Ende und ein Schlecker zog ein, bevor sich die Gewerbefläche schließlich in das Lager eines eBay-Händlers verwandelte.

Dafür lockte eine Querstraße weiter ein neuer Aldi die Supermarktkunden. Für den waren die Räumlichkeiten des Kurz- und Eisenwarenladens, des Optikers und der Apotheke zusammengelegt worden. Leon vermisste die Apotheke mit ihren riesigen verschnörkelten Holzregalen, in denen braune Fläschchen neben grünen Aspirin-Packungen für einen interessanten Kontrast sorgten. Das erste, was Leon bei den Besorgungen mit der Mutter hier immer gemacht hatte, war sich auf der massigen Waage aus Eisen zu wiegen. Das zweite war sich Proben von Traubenzucker und Orangen-Vitamintabletten mitgeben zu lassen. Danach ging es meistens zur Sparkasse nebenan an den Schalter. Seine Mutter holte Geld, er zahlte seine Rommé-Beute und die großelterlichen Zuwendungen auf sein Knax-Sparbuch ein. Hinter dem Panzerglas saß stets der gleiche bärtige Mann mit der großen goldumrandeten Brille, und wenn er fast so schnell wie ein Roboter die Geldscheine zählte, sortierte und in Packen verstaute, schaute Leon ganz beeindruckt zu und versuchte mitzurechnen, wie viel Mark da wohl insgesamt lagen. Die Sparkassen-Räume waren ebenfalls zu 90 Prozent von der Aldi-Filiale geschluckt worden. Allein eine winzig kleine Fläche war übrig geblieben, ein SB-Bereich, in dem ein Geldautomat und ein Terminal samt Kontoauszugsdrucker standen.

Gleich neben diesem Bankfragment wartete ein weiterer Laden, der seit Monaten leer stand, auf neue Mieter. Die Fassade schimmelte grünschwarz zwischen den sich wie ein symmetrisches Muster hell abzeichnenden Befestigungspunkten der erst kürzlich angebrachten Dämmplatten. Vor mehr als zwei Jahrzehnten befand sich hier ein Fernsehreparaturservice. Seitdem hatte dort alles Mögliche sein Glück versucht: ein Goldschmied, ein Bistro, ein Modelleisenbahnhandel. Seit Kindertagen mochte Leon keine leeren aufgegebenen Geschäfte. Für ihn standen sie für zerbrochene Träume und Enttäuschungen, und der mitleidige Gedanke an den Zustand der ehemaligen Besitzer bereitete ihm seelische Schmerzen. Er fragte sich, wo wohl gerade der einstige Inhaber weilte, woran er gescheitert war und warum er ausgerechnet diese Idee gewagt hatte umzusetzen. Welche Beweggründe, Erlebnisse oder Kindheitserinnerungen hatten ihn von diesem Geschäftsmodell schwärmen lassen?

An der nächsten Ecke stand Leon vor seinem Ziel, dem kleinen Buchladen, der immer noch den Namen seines längst verstorbenen, Günter Grass ähnelnden Gründers trug. Dieser hatte sich jeden Tag von morgens bis abends Pfeife rauchend durch Bände aller Genres geblättert und konnte sogar bei Kinderbüchern Empfehlungen aussprechen. Manche gingen in die Kirche, in die Natur oder zur Meditation um Ruhe zu finden und um Kraft zu tanken.

Leon ging regelmäßig nach der Schule in „Franks Buchladen" und stöberte die Regale durch. Seine ganze Klasse
hatte hier in Sammelbestellung neue Atlanten für den
Erdkunde-Unterricht gekauft, weil die zerfledderten Ausgaben der Grundschule aus den Achtzigern stammten und
noch die Sowjetunion als riesiges, rot eingefärbtes Reich
darstellten.

Dabei war Leon anfangs kein Bücherwurm. Lieber
ließ er sich vorlesen, „Der Wilde Wald" oder „Das Geheimnis des siebten Weges" von Tonke Dragt und so
etwas. Zum Geburtstag bekam er jedes Jahr einen Kin-
derroman, selbst wenn er sich gar keinen gewünscht hatte. »Wer viel liest, schreibt auch besser«, sagten seine
Eltern, die für eine Woche den Fernseher wegschlossen,
als Leon mal in der zweiten Klasse eine 3 im Deutschdik-
tat mit nach Hause gebracht hatte. Fünf Fehler, da war
der Teufel los, obwohl es seine erste 3 überhaupt seit der
Einschulung war. Nach diesem Abfall in die Mittelmä-
ßigkeit musste Leon jeden Tag mit seiner Tagesmutter
Lesen und Schreiben üben, als sei er behindert; er, der
auch nachdem er zwei Wochen wegen seiner ständigen
Bronchitis gefehlt hatte, zu den Klassenbesten gehörte.

Und wenn Leon an seinen Geburtstagen das rechteckige Geschenk neben der Torte sah, und sein Vater die
alte Leier rausholte, wie er in dem Alter unter der Decke
heimlich mit der Taschenlampe Karl May verschlungen
habe, da hatte Leon erst recht keine Lust mehr auf Lesen.
Bis er aus heiterem Himmel die Spiegel-Magazine seines
Vaters für sich entdeckte, insbesondere die Geschichtsar-
tikel; von da an ging es los. Doch damit war er der Son-

derling und alle starrten ihn an, wenn er als Kind mit seiner Mutter in ihrem Stammcafé saß und in der neuesten Ausgabe blätterte oder einen anderen Gast fragte, ob dieser mit dem Auslageexemplar fertig sei.

Leon betrat den Buchladen, der jetzt von zwei jüngeren Frauen geführt wurde, und stellte sich an den kleinen Tresen.

»Guten Tag, ich möchte gerne folgendes Buch bestellen«, sagte er und gab der Verkäuferin einen kleinen Zettel, auf dem er den Autor und den Titel über die ungarische Front im Zweiten Weltkrieg notiert hatte.

»Da gibt es nur noch gebrauchte Ausgaben«, antwortete die Verkäuferin nach kurzem Herumgetippe auf einer Tastatur und bekam ein Schimmern in den Augen. »Sie wissen schon, dass das ein schwieriges Buch ist?«

»Ich glaube, ich bekomme das mit dem Lesen und Verstehen hin«, entgegnete Leon schnippisch; was sollte das hier werden?

»Ähm, ich meinte die politische Stoßrichtung.«

»Wenn ich es richtig verstanden habe, handelt es sich bei dem Buch um eine gelobte wissenschaftliche Arbeit, die in diversen Zeitungen wie zum Beispiel der FAZ positiv besprochen wurde.«

»Einige Anbieter antiquarischer Ausgaben haben komische, rechts anmutende Namen, um es mal so auszudrücken«, sagte die Frau patzig. »Wahrscheinlich gibt es gute Gründe, dass heutzutage keine neuen Auflagen mehr gedruckt werden.«

»Vielleicht liegt das eher am heutigen Zeitgeist und nicht am Buch«, entgegnete Leon mit einem aufgesetzten Lächeln und begann sich umzudrehen. »Aber wissen Sie was, ich kaufe es woanders. Ich brauche keine woke ideologische Betreuung bei meiner Lektüre, vielen Dank. Tschüss.«

So geht es leider doch ins Internet, aber selbst schuld, lieber Einzelhandel, dachte Leon beim Verlassen des Geschäfts und lief einen Schlenker, um den Kopf nach der kuriosen Aktion frei zu bekommen. Er kam an einem Aufgang vorbei, hinter dem früher ein kleines Kino existiert hatte, als es noch nicht CinemaxX und CineStar gab. Mit seiner Mutter war er regelmäßig in die Nachmittagsvorstellungen von „Wir Kinder von Bullerbü", Disney-Produktionen oder Märchenverfilmungen gegangen. Es gab kaum Werbung, nur ganz krisselige mit schlechtem knackenden Ton von Gaststätten aus der Umgebung, und die Reklameclips sahen so aus, als hätten die Kneipiers sie mit einem Camcorder selbst gedreht. Bevor der Film anfing, kam der Mann, der vorher die Karten abgerissen hatte, kurz in den Kinosaal und fragte, ob es Geburtstagskinder gäbe, und wenn jemand »Ja« rief, überreichte er demjenigen einen kleinen Geschenkekorb mit Süßigkeiten und Eiskonfekt.

An einem Tag – es war Winteranfang und der erste Schnee fiel – war Leon mit seiner Mutter Stiefel für sich kaufen. Da er schnell wuchs, musste er jedes Jahr neue bekommen. Und er war eigen und hatte genaue Vorstellungen. Die Stiefel mussten mit Fell gefüttert sein, das oben herausragen und einen Kranz bilden sollte wie bei den Stiefeln des Weihnachtsmanns. In ihrem Stamm-Schuhladen stand mitten in der Filiale ein kleines Karussell mit orange-braunen Raumschiffen. Aber nach mehreren Fahrten und Anproben – Leon mochte das Maßnehmen mit der Schiebeskala so gerne – waren sie immer noch nicht fündig geworden. Also fuhren er und seine Mutter in ein anderes Schuhgeschäft, und damit er sich endlich entschied, versprach die Mutter ihm, nach einem erfolgreichen Stiefelkauf ins Kino zu gehen. Sie schauten sich dann in dem kleinsten Saal mit leuchtend roten Samtsesseln „Schneewittchen und die sieben Zwerge" an. Wenn die böse Königin auftauchte, bekam Leon allerdings Angst und versteckte sich mit seinen neuen Lederstiefeln hinter seinem Vordersitz. Wohl kaum ein Film hat in ihm später solch eine Spannung ausgelöst wie „Schneewittchen" als er fünf war.

Leon entschloss sich zur Einkaufsstraße auf der anderen Seite des Kiezes zu laufen, eine der größten in ganz Berlin. »In die Stadt gehen«, nannte seine Mutter es, wenn sie dort einkauften, was ziemlich bizarr war, weil sie ja nur wenige Minuten entfernt mitten in der Stadt wohnten. Sie waren sogar jedes Mal mit dem Auto hingefahren und hatten es am Ende der spiralförmigen Auffahrt ganz oben auf dem Parkhausdach abgestellt; meistens jeden Donnerstag, da das seinerzeit der einzige Tag in der Woche war, an dem die Kaufhäuser zwei Stunden länger bis 20 Uhr geöffnet hatten.

Leon wollte bei einer der großen Buchhandlungen nach dem Budapest-Band fragen; zwar große Ketten, aber immerhin kein Online-Riese, der seine Lager- und Versandarbeiter knechtete. Kurz vor dem Fußgängeraufgang zur Stadtautobahnbrücke, die die breite Shoppingmeile überspannte, kam er am Haus seiner ehemaligen Babysitterin vorbei. Eine ganze Weile war er total in Kathi verknallt gewesen, sie hatte für ihn ohne zu übertreiben die schönste Frau der Welt dargestellt – noch heißer als Pamela Anderson oder Jenny McCarthy. Obwohl sie bei ihm um die Ecke wohnte, sah er sie im Alltag fast nie, was die seltenen Begegnungen noch aufregender machte. Kathi fuhr gerne Rollerblades als die in Mode kamen und sie trug hoch geschnittene Bluejeans oder enge Hotpants und simple weiße T-Shirts, die sie vor dem Bauch zusammenknotete – bis heute für Leon die schönste Kombi bei Frauen. Irgendwann zogen sie und ihre Mutter weg. Leon hatte ihr mal bei Facebook eine Nachricht geschrieben, doch sie hatte nie geantwortet. Wahrscheinlich dachte sie, er sei einer dieser peinlichen Online-Stalker, der sie mit Dickpics zuballern will.

Von der Brücke konnte man bis zum Fernsehturm blicken. Davor erhob sich der Schöneberger Gasometer, wo Leons Vater, bevor dort der Campus des Europäischen Energieforums gebaut wurde, seine Stamm-Autowerkstatt hatte, und Leon zwischen Reifenstapeln und aufgebockten Karossen spielte und von dem Besitzer ein Modell des 300-SL-Coupés geschenkt bekam; seitdem Leons Traumauto. Heutzutage war die „Rote Insel", wie der Kiez im Volksmund hieß, saturiertes Bugaboo-Kinderwagen-Gebiet.

Das Treppenhaus hinunter zur Einkaufsstraße seitlich der Brückenfahrbahn war wie üblich komplett vollgepisst und zugesprayt. Wer zum Teufel hatte sich vor 60 Jahren diese ganzen hässlichen düsteren Unterführungen, Aufgänge und Betontunnel ausgedacht, ärgerte sich Leon; Rapist-Paradise. Da war die Ostplatte nicht viel schlechter. Kein Wunder, dass die verlotterte Gegend mit dem angrenzenden U-Bahnhof mal zu den gefährlichen Orten in Berlin gehörte als die Jugenddisko ums Eck noch in Betrieb war. Gangnamen wie „Araba Boys" oder „36 Boys" hatten schon in der Grundschule die Runde gemacht, wo sie einem Jungen aus Leons Nachbarklasse ein Butterflymesser abgenommen hatten.

Die Filiale der Buchhandelskette war nach radikalem Umbau von drei auf eine Etage geschrumpft. Die zuvor direkt am Eingang gelegene Abteilung mit persönlichen Empfehlungen der Mitarbeiter war einer Apple-Store-ähnlichen Fläche für Ständer mit eBook-Readern und passendem Zubehör gewichen. Auf einem großen Grabbeltisch lagen die aussortierten Sonderangebote mit ihren neonorangenen Preisschildern. Die Einzelkassen waren zu einem langen Tresen in der Raummitte zusammengelegt worden. An einem mit diesen Flughafenkordeln eingezäunten Wartepunkt stand eine Schlange, aus der die Wartenden von den studentenjungen Kassiererinnen an einen frei gewordenen Platz gerufen wurden. Das gleiche System kannte Leon von Primark.

Sein gewünschtes Buch konnte Leon hier ebenfalls nicht bestellen, tatsächlich musste man nach gebrauchten

144

Ausgaben Ausschau halten. Er bummelte die Bestsellerwände entlang. Davor standen niedrige Tische mit kunstvoll gestapelter Ware. Krimis und historische Romane, verrieten die Cover, ganz vorn die Fälle von Gereon Rath. Eine Schande, was die TV-Serie „Babylon Berlin" aus der Vorlage von Volker Kutscher gemacht hatte, schüttelte Leon innerlich den Kopf; ähnlich hatten die Öffentlich-Rechtlichen und Sky auch die Spin-Off-Serie zu „Das Boot" versaut. Namen und Zeit waren von den Kutscher-Krimis übernommen worden und die Ausstattung war klasse, aber die Handlung hatte man komplett verändert und einen Agitpropfilm gebastelt mit der wenig subtilen Botschaft „Vor der Bundesrepublik war alles schlecht".

Durch das preußische Berlin der Zwanziger schlendern würde Leon auch gerne einmal. Nicht weil sie angeblich so golden waren, das stimmte angesichts der Armut und der bettelnden Kriegsversehrten überall sowieso nicht, sondern weil er den Zustand des damaligen Lacks gerne erkenntnisreich mit der heutigen abplatzenden Farbschicht vergleichen würde.

»Kann ich Ihnen helfen?« hörte Leon eine Männerstimme sagen. Aber die Frage galt nicht ihm, sondern einer älteren Frau mit kurzer Grauhaarfrisur, buntem Batikschal und nur einem großen farbenfrohen Ohrring.

»Können Sie denn ein Buch empfehlen?« musterte sie den Verkäufer mit dem schwarzen Rollkragenpulli über dem hageren Oberkörper und den Joggingschuhen unter der Jeans.

»Wie wäre es mit diesem?« reagierte die Steve-Jobs-Kopie und zeigte auf einen schwarz-weiß gehaltenen Band. »Es handelt von einer Frau im Nationalsozialismus, die sich hin- und hergerissen zwischen der Loyalität zu ihren Verwandten und zu ihrem Gewissen zunehmend von ihrer Familie distanziert.«

»Ach bitte!« überraschte die Dame Leon und den kurz die Körperspannung verlierenden Verkäufer. »Immer das Gleiche. Ich habe Geschichte studiert und wirklich alles an Protest und Erinnerung mitgemacht. Aber irgendwann wird's langweilig. Gibt es nicht mal was anderes?«

Leon konnte sich ein schelmisches Kichern nicht verkneifen während er hinausging auf den belebten Trottoir, auf dem ein Straßenmusikant, ein kniender Bettler und zwei junge Typen von Amnesty International ihr Glück bei den mit Tüten bepackten Passanten versuchten. Er wollte, wenn er schon mal hier war, neue Tintenpatronen für seinen Drucker holen; falls er später einige Dokumente oder ähnliches scannen und ausdrucken müsste.

Auf der anderen Straßenseite, auf dem verdreckten Vorplatz der Mall – mittlerweile die dritte hier – ragten fünf Fahnenmaste in den bewölkten Himmel. Eine Deutschlandfahne wäre so utopisch wie würdelos gewesen, aber nicht einmal die Flagge der Hauptstadt oder des Bezirks wehte im Wind. Stattdessen zeigten längliche Werbeträger des Einkaufszentrums, einer davon mit Regenbogenfarben unterlegt, wem dieses Fleckchen Erde wirklich gehörte. Kurz hinter dem Eingang im Schaufenster eines Deko-Elemente-Geschäfts entfernte eine junge Frau mit Kopftuch vorsichtig die letzten Überreste der

Osterdekoration. An den Festtagen war Leons Oma den Umständen entsprechend noch gut drauf gewesen. Selbst ein paar Schoko-Eier, die seine Mutter wie früher in der Wohnung versteckt hatte, fand sie mit seiner Hilfe.

Neben einer Schminkpromotion mit einem provisorisch aufgebauten Garderobenspiegel stand eine kleine Verkaufsbude für billige glitzernde Handyhüllen. Vor einem Klamottenladen hielt ein junges Mädchen im Kardashian-Look ihre riesigen Labeltüten in die Luft und machte mit einem Duckface ein Selfie. Leon sah die Instagram-Bildunterschrift schon vor sich: „Me, myself and I" oder „Just me". Das war so eine, die an Flughäfen „Off to..."-Posts teilte oder TikTok-Videos von Belvedere-Flaschen im Club raushaute. Wo waren die süßen Mädchen mit ihren schlichten Pferdeschwänzen und zu großen rosanen Wollpullovern geblieben, mit denen sie Blues getanzt, „Mein Rechter Platz ist frei" mit verschärften Regeln gespielt und Poesiealben getauscht hatten? Aus „reiten, schwimmen, lesen" war längst „fashion, party, shoppen, poppen" geworden.

In einer Sitzinsel beugten sich mehrere Jugendliche mit Gucci-Caps und bunten Carlo-Colucci-Pullovern, die schon in Leons Jugend wegen Tupac Shakur und Biggie Smalls angesagt waren (dabei trugen die eigentlich Coogi-Sweaters), über ihre Smartphones und hörten Deutschrap. Wieder so ein Autotune-Stiche-Bitches-Kilos-Para-Mist, schoss es Leon durch den Kopf. Das waren noch Zeiten, als Grandmaster Flash „The Message" hatte. Obwohl die darin beschriebene Verwahrlosung New Yorks heute besser auf Berlin zutraf. Der allererste deutsche Rapsong, den Leon gehört hatte, besaß jedoch auch keine tiefere Botschaft. Das war „Die da" von den Fantastischen Vier in einer Sendung „Geld oder Liebe" mit Jürgen von der Lippe; geradezu brav hatte es Leon trotzdem umgehauen. „Pimplegionär" und „LMS" von Kool Savas, die einige Kumpels auf gebrannten CDs und überspielten Tapes verteilten, waren da ein paar Jahre später ganz andere Nummern.

Der einsame Security-Mitarbeiter der Mall hatte zwar einen lächerlichen Möchtegern-Sheriffstern an der schwarz abgesetzten Hemdtasche, sah aber ansonsten genauso aus wie die Jugendlichen in den Sitzen und zog eine Kokoswachsfahne hinter sich her. Der Elektronikmarkt erschien wie eine armselige Ein-Euro-Ramschrampe. In großen „Reduziert"-Metallkörben stapelten sich doppelt alarmgesicherte Kartons mit Kompaktkameras, kabellosen Kopfhörern und Bluetooth-Lautsprechern in allen möglichen Farben. Die Regale waren dagegen so spärlich mit Ware bestückt wie die Abteilungen mit Verkäufern. Einzig an den Verticke-Stehcountern der Mobilfunkanbieter herrschte reges Treiben schwarzhaariger Verkäufer in neonfarbenen Hemden. War das wirklich schon immer so scheiße hier, überlegte Leon. Die Einkaufszentren und gerade die Elektrogeschäfte waren doch mal Orte des Wohlstands, der Innovation und der Zukunftsträume, oder war ihm das in jungen Jahren nur so vorgekommen? Er war früher oft durch die Einkaufsstraße gezogen. Es gab noch Karstadt und Wertheim, und jedes Mal traf man ein bekanntes Gesicht in den Klamotten-, Sport- und Spielzeugläden.

Dort spielten Leon und seine Freunde „Sonic" auf dem Sega Mega Drive oder „Donkey Kong" und „Mario Kart" auf dem Super Nintendo. Und als die erste PlayStation herauskam und die Kinder mit staunenden Augen vor der dreidimensionalen Kampfarena von „Tekken" standen, war Leon überzeugt: Das ist die Spitze, weiter kann es nicht gehen. Sie alle, die den ersten Farbfernseher im Wohnzimmer als kaum zu toppenden Quantensprung erachteten, dachten wirklich, sie seien Zeuge, wie sich die Menschheit in puncto technischen Fortschritts selbst übertraf. Für sie stand fest, dass die Menschen in ein paar Jahren zum Mond in den Urlaub fliegen würden oder zumindest in einem selbstfahrendem Auto sitzen könnten wie David Hasselhoff in „Knight Rider".

Beim Saturn- und MediaMarkt-Vorläufer Schaulandt, das als eines der ersten Unternehmen die Berliner Doppeldeckerbusse komplett mit Werbung überzogen hatte, gab es auf einer ganzen Etage flimmernde Bildschirme wie in einem Science-Fiction-Film. Während Leon eine Swatch the Beep trug, mit der er Pieper-Mitteilungen empfangen konnte, hatte ein kurdischer Mitschüler eine Digitaluhr von Casio. Die besaß einen Taschenrechner und eine integrierte Fernbedienung. Also pirschten sie durch die Gänge, vorbei an Hifi-Anlagen und Plasmafernsehgeräten, die mehr kosteten als ihre Eltern in einem Monat verdienten, und machten sich einen Spaß daraus, die Verkäufer zur Weißglut zu bringen, indem sie mit der Uhr wie von Geisterhand die Ausstellungsfernseher lauter drehten oder plötzlich an und aus schalteten. Danach gingen sie zu WOM in die World of Music, wo in meterlangen Regalen abertausende CDs und Platten auslagen. Besonders das Nirvana-Cover, auf dem ein nacktes Baby unter Wasser einem Dollarschein an einem Angelhaken entgegentauchte, hatte Leon noch vor Augen. Überall in diesem Prä-Napster-Universum hingen Kopfhörer, mit denen sie in Neuerscheinungen reinhörten. An einer Station konnte man sich eine bestimmte Scheibe zur Probe einlegen lassen. Dutzende TV-Bildschirme zeigten MTV und später Viva. Auf manchen liefen zudem VHS-Veröffentlichungen, was so mancher nutzte, um sich einen ganzen Film anzuschauen, den er zuhause niemals hätte gucken dürfen.

Nachdem Leon die Tintenpatronen bezahlt hatte, ging er über ein Parkhaus, in dem ab und zu Gangsterrapper ihre Videos drehten, jetzt aber nur eine Gruppe Zigeuner herumlungerte, zurück auf die Brücke. An deren Ende hinter der großen Auffahrtskreuzung kam er am Sportplatz seines Viertels vorbei. Hier hatte er bis vor wenigen Jahren jeden Freitag Fußball in einer Beamtentruppe gespielt, die bei der Betriebsliga mitmachte. An der geschlossenen Halle, in der bis vor kurzem Flüchtlinge untergebracht waren, stand ein Hinweis: „Sanierungsarbeiten".

Das erste Fußballspiel überhaupt, an das sich Leon erinnerte, war die Fernsehübertragung eines Aufeinandertreffens einer gelb-schwarzen und einer rot-schwarzen Mannschaft; vielleicht Dortmund gegen Frankfurt. Wirklich mitgerissen hatte ihn das nicht. Nur eine Szene hatte sich bei ihm eingebrannt. Ein Kopfballzweikampf, bei dem ein dunkelhäutiger Spieler fast über seinen Kontrahenten gesprungen war. Leon war völlig baff gewesen, weil er dachte, so hoch könne ein Mensch gar nicht springen. Vor lauter Gedanken um die menschliche Sprungkraft, hatte ihn im ersten Moment gar nicht interessiert, was das überhaupt genau für ein Spiel war, mit dem Ball und den zwei Toren auf dem Rasen. Bälle kicken, Dosen, Kastanien, Tannenzapfen, klar, jedes Kind bekommt diesen Reflex irgendwie angeboren. Schon als Einjähriger war Leon laut seiner Mutter kaum von seinem heiß und innig geliebten gelben Plastikball zu trennen. Aber dass das auch Erwachsene spielten, mit derart viel Ernst und Regeln, und die Männer ewig darüber redeten, das weckte schließlich doch seine Aufmerksamkeit.

Dann kam der Sommer 1990. Leon schlief bei seinem Vater, der nach der Trennung der Eltern vorerst bei einem Jugendfreund untergekommen war. Spätabends, zum frühen Schlafengehen verdonnert, wurde er plötzlich wach, weil die Kumpels des Vaters nicht gerade leise zu einem Männerabend eintrafen. Leon stand sofort auf und schlich nach nebenan. Die lustige Runde hatte sich zum WM-Schauen vor einem in die Zimmermitte gestellten Röhrenfernseher gesetzt, Deutschland gegen die Niederlande, Achtelfinale. Etwas besonderes, wie er heraushörte. Da wollte er selbstverständlich aufbleiben. Sein Vater entdeckte ihn aber hinter dem Türspalt und schickte ihn zurück ins Bett. Doch Leon schaltete einfach den Radiowecker an und navigierte sich zur Spielübertragung. An schlafen war nicht zu denken, die Aufregung seiner Umwelt hatte sich längst auf ihn übertragen. Den begeisterten Radiokommentator, der viel mehr und viel spannender quasselte als der Fernsehkommentator, bekam sein Vater natürlich mit. In der Erkenntnis, auch mit aller Erziehungsmacht nichts ausrichten zu können, erlaubte er dem Sohn sich dazuzusetzen. Und das Fußballfieber packte Leon. Anfangs verwundert über soviel ihm fremdes unverständliches Fachvokabular, bewunderte er von Minute zu Minute zunehmend seinen Vater und dessen Freunde für ihr fußballerisches Wissen – und die deutsche Nationalmannschaft für ihr Können. Er fieberte mit, jauchzte, schrie, hielt den Atem an. Er kochte vor Wut, als Rudi Völler in einer Aktion bodenloser Frechheit und Inkompetenz des Schiris Rot sah und Hollands Frank Rikjaard „unserem" Rudi in die „Tante Käthe"-Locken spuckte.»Ein Skandal!« für die Kommentatoren, die sich noch siezten. Leon brannte vor Spannung als Jürgen Klinsmann, der bereits das erste Tor geschossen hatte, unaufhörlich auf das holländische Tor zu rannte. Pfostenschuss! Was für ein Spiel! Die Zuschauer riefen »Klinsi, Klinsi, Klinsi!« Am Ende gewann Deutschland, das damals West-Deutschland genannt wurde, 2:1.

In jener Sommernacht in Berlin-Wilmersdorf wurde Leon zum Fußballfan, in einer geteilten Stadt, die gerade dabei war wieder zusammenzuwachsen, während sich seine Eltern voneinander entfernten. Doch auch die geografische Trennlinie sah man noch deutlich, so wie bei seiner ersten Klassenfahrt zum Ende der Vorschule an die Grenze zwischen Berlin und Brandenburg. Schullandheim, müffelnde Doppelstockbetten, jeden Morgen zu wenig Nutella für alle, kalter Früchtetee in großen Metallkannen auf Plastiktischdecken und zum ersten Mal der

Taschentuchtest auf einem Ameisenhaufen, auf den unzählige in den Grundschuljahren folgen sollten. Alles egal, ihn interessierte nach dem Sieg über die Tschechoslowakei im Viertelfinale nur das Halbfinale gegen England. Aber anstatt das Spiel zu schauen, wollten die Lehrerinnen eine Nachtwanderung machen. Bitte was? Leon protestierte energisch. Ein als Betreuer mitgekommener Vater ebenfalls. Zusammen erreichten sie, die bescheuerte Nachtwanderung abzukürzen. Sie schafften es immerhin rechtzeitig zum Elfmeterschießen. Bodo Illgner hält! Der Wahnsinn! Die grünen Auswärtstrikots waren allerdings furchtbar.

Das Finale gegen Argentinien schaute Leon bei den Großeltern, denen man ihr hoffnungsvolles Glück über die ganzen Geschehnisse seit dem Herbst 1989 ansehen konnte; auch wenn Leon das dem Erfolg der deutschen Mannschaft zuordnete. Der große Abend in Rom, sein Vater fürchtete und pries zugleich Maradona und den argentinischen Torhüter, ein »Elfmetertöter«, vielleicht sogar abgebrühter als Illgner. Oh Gott, und dann genau das, ein Strafstoß. Aug' in Aug', Andreas Brehme läuft an, Präzision in die linke Ecke, Tor! Leon hüpfte auf dem gepflegten Sessel. Seiner Oma war es dieses Mal egal. Der ersehnte Abpfiff gab den Startschuss für ein Feuerwerk und ein schwarz-rot-goldenes Fahnenmeer. Der Großvater holte eine neue Flasche Sekt. Lothar Matthäus, der spätere Weltfußballer und sogar Weltsportler des Jahres 1990, küsste den goldenen Pokal und hob ihn in die Luft. Beckenbauer wandelte alleine über das Spielfeld. Tränen in den Augen, heute noch. Deutschland wurde nicht bloß zum dritten Mal Weltmeister, sondern ähnlich wie 1954 wieder eine Nation, eine wiedervereinte Nation; der 3. Oktober quasi nur noch politische Formalie. Leons Vater berichtete, wie er den ersten Weltmeistertitel der Herberger-Mannschaft erlebt hatte. Eine seiner ersten Lebenserinnerungen überhaupt. Als Dreikäsehoch saß er mit der halben Straße bei einer älteren Knappenwitwe aus der Arbeitersiedlung, weil sie die einzige war, die einen Fernseher hatte. Dass der entscheidende Spieler, Helmut Rahn von Rot-Weiss Essen, einer von ihnen war, ein Junge aus dem Pott, muss unbeschreiblich für die Kleinen und die Großen gewesen sein. Fußball war ein deutsches Epos vom „Wunder von Bern" über die „Kaiserkrönung" bis zum „Sommermärchen" und parallel eine Familiensaga, verbunden mit wichtigen Stationen deutscher Geschichte: Wirtschaftswunder, Kalter Krieg, Wiedervereinigung, Wiedergeburt eines Nationalstolzes.

Doch Politik und Schwarz-Rot-Gold interessierten Leon 1990 wenig, ein Trikot wollte er gar nicht haben; es waren eh alle ausverkauft. Er wollte nur das Spiel und einen Ball haben. Eines der tollsten Geschenke in seinem Leben war sein erster eigener Fußball zur Einschulung, ein ganz traditioneller mit weißen und schwarzen Punkten. Seitdem konnte er sich mit den Designs der neuen Bälle nicht anfreunden. Er tobte vor der Kneipe seines Vaters, die dieser mit zwei Freunden nebenbei zu seinem Lehrerberuf betrieb, als der Vater mit seinem kürzlich erworbenen bordeauxfarbenen Mercedes vorgefahren kam. (Damals in Leons Augen von den Funktionen her ein Raumschiff, alles elektrisch steuerbar, Fensterheber,

Antenne, Schiebedach. Auf einer kleinen Kopfsteinpflasterstraße neben einem alten Bahngelände durfte Leon manchmal das Lenkrad halten und stellte sich vor, durch das Weltall zu gleiten.) Sein Vater hielt in der zweiten Reihe, machte den Kofferraum auf und entlud mehrere Lebensmittel für die kleine Küche, die bis spät in die Nacht unter dem Kommando des spanischen Schwiegersohns eines Geschäftspartners Kleinigkeiten zubereitete. Leon wollte ihm beim Ausladen helfen und sah neben den Metro-Tüten diesen Fußball glänzen, ganz neu, noch nie hatte jemand gegen ihn getreten. Eigentlich wollte sein Vater ihn verpacken und am ersten Schultag überreichen, aber nun war es eben zu spät dafür.

Leon nahm den Ball jeden Tag mit in die Schule für die Pausen, nach dem Gewinn der Weltmeisterschaft waren alle verrückt nach Fußball. Weil alle Kinder nach dem Unterricht ein bisschen bolzten und er den Fußball ja zu Hause alleine nicht nutzen konnte, ließ er ihn im Klassenzimmerschrank einschließen. Irgendwann war der Ball weg, weil ein gleichgültiger Lehrer ihn an die höheren Klassen ausgegeben hatte, um sich neben dem Schulsportplatz faul in die Mittagssonne setzen zu können. Und die großen Schüler hatten ihn nicht zurückgegeben und der Lehrer, weil er wahrscheinlich schnell nach Hause wollte, fragte nicht nach. Eine Entschuldigung oder einen neuen Ball bekam Leon nie. Seitdem war es das für ihn mit dem Vertrauen in die Pädagogen. Leons Idole waren vielmehr Rudi Völler, Jürgen Klinsmann, „Kalle" Riedl und Guido Buchwald, der einmal mit Platzwunde am Kopf weiterspielte – unglaublich. Fußball war Kampf,

Durchsetzen gegen die Großen. Und wenn es so ein Kleener wie „Icke" Häßler schaffen konnte, dann auch andere kleine Jungs aus Berlin. Nachmittags und am Wochenende wurde vor Leons Haus weitergekickt, eingeschossene Fensterscheiben inklusive – ein Hoch auf die Familienhaftpflichtversicherung. Als aber ein großes Schaufenster zersplitterte, ging es in den „Käfig", den Leon nun auf dem Rückweg zu sich nach Hause, die Tintenpatronen in der Hand, passierte. Der Fußballkäfig erstreckte sich über die weggebombte Hälfte eines Alt-Berliner Mietshauses und lehnte sich kontrastreich an die blanke Feuermauer der übriggebliebenen Haushälfte an.

Allerdings waren momentan ein metallischer Eckpfeiler und das gespannte Maschendrahtnetz völlig zerstört und ragten abgeknickt auf den grauen Ascheplatz und ins verwilderte Gebüsch des angrenzenden kleinen Spielplatzes. Von diesem waren eh nur eine einsame mit Stickern zugeklebte Schaukel, eine alte marode Bank und eine steinerne beschmierte Tischtennisplatte übriggeblieben. Die einstigen Wippen, bunten Häuschen und Klettergerüste, um die sie sich früher noch mit türkischen Kindern geprügelt hatten, weil die »ihren Spielplatz« nicht mit »Scheiß Kartoffeln« teilen wollten, waren schon vor Jahren abgebaut worden. Im Sandkasten, in dem das Unkraut wucherte, lag Müll verstreut – entweder von den abends an der Tischtennisplatte kiffenden und Wasserpfeife rauchenden Jugendlichen hinterlassen oder von den Krähen aus dem Mülleimer gefischt. Der kleine Fußballplatz war das letzte Relikt, das die Kinder der Umgebung zum Spielen eingeladen hatte. Doch vor einem halben

Jahr war bei einem illegalen Autorennen ein weißer AMG mit getönten Scheiben erst über den Gehweg und die traurigen Spielplatzreste und dann in den Käfig gerast. Seitdem lagen die Trümmer herum, ohne dass der Bezirk Anstalten machte, eine Reparatur in die Wege zu leiten. Aber die Anzahl der hier kickenden Jungs sank ohnehin seit Jahren.

Vor gut 30 Jahren sah das ganz anders aus. Nach der WM erzählten die älteren Jungs, Pierre Littbarski sei sogar einmal vorbeigekommen und hätte mit ihnen einige Minuten gedribbelt. Angefixt gingen Leon und die anderen Kleineren dort so oft wie möglich Fußball spielen, falls Littbarski mit vielleicht einigen Kollegen wiederkehren sollte. Erst das Läuten der Feldsteinkirche, deren orangerot bedachter Turm über den Bolzplatz ragte, verriet ihnen, wann es Zeit war zum Abendbrot nach Hause zu gehen. Im Käfig lernte man alles: Gruppendynamik, Hackordnung, Fürsorge, angeleitet werden und selbst anleiten. Computerspiele, Konsolen, all dies trat in den Hintergrund. Smartphones gab es noch nicht. Der Ball zerrte alle Kinder raus, ließ sie blutige Kratzer vergessen, über Zäune und auf Bäume klettern um ihn nach misslungenen Schüssen wieder einzusammeln. Die Hälfte der Jungs von Leons Kreuzung trat bald in den örtlichen Fußballverein ein, F-Jugend. Der Vater eines Nachbarjungen war der Trainer und Vinto ihr bester Spieler, die Nummer 10, bis er nach Neukölln zog und nur noch Stories von Massenschlägereien mit arabischen Familien erzählte.

Als erstes Trikot im Klub musste sich jeder anfangs ein weißes T-Shirt mitbringen, das der Schotter des Vereinsgeländes wie die Stutzen und Stollenschuhe rötlich färbte. Jeden Sommer hieß es zu Leons Geburtstag größere passende Fußballschuhe kaufen, die man zudem für den Schulsport nutzen konnte. Es ging noch nicht zu Foot Locker, Snipes oder irgendeinem Online-Shop, sondern zur Schuhabteilung von Karstadt Sport, die aussah wie das „Herzblatt"-TV-Studio mit dieser lächerlichen, aber clever erdachten Trennwand. Direkt daneben lag die Damenabteilung, in die Leons Mutter gerne danach verschwand, während Leon zufrieden mit seinen neuen Adidas bei dem Fernseher neben der Umkleide auf sie wartete und „Der kleine Maulwurf", „Tom und Jerry" oder „Bugs Bunny" schaute und davon träumte, ebenfalls so geniale ACME-Zeichentrickutensilien zu besitzen, die nur von der Ausrüstung von „Inspector Gadget" getoppt wurden. Wenn es „Roger Rabbit" gelang, Animation mit der realen Welt zu verbinden, warum nicht auch Leon.

Als endlich die ersten richtigen rot-weißen Trikots eintrafen, waren alle mächtig stolz, 11 Freunde mit geschwellter Brust auf dem Mannschaftsfoto. Viele Gesichter sah man später auf den Bildern der Kindergeburtstage. Sie waren ein Team, auch außerhalb des Platzes. Zusammen erkundeten sie die frisch vereinte Stadt, fuhren zu Spielen nach Ost-Berlin, als dort noch keine süddeutschen Hipster Saftläden eröffneten, sondern Trabanten vor Einschusslöchern in den Fassaden parkten. Durch den Fußball sah man aber auch die Viertel der Reichen. Fast ehrfürchtig standen Leon und seine Mannschaftskameraden auf dem echten Rasen in Zehlendorf. Auf dem ungewohnten Untergrund rutschten sie weg und ihrem Torwart flutschten die Bälle durch die Hände. Sie verloren haushoch. Das war ebenso Fußball: Vernichtet werden, auf Umstände treffen, die man nicht kennt, sich daran künftig anpassen müssen, durch Misserfolge lernen.

Die Niederlage bei den Bonzen blieb nicht die einzige Enttäuschung. Die Europameisterschaft 1992 wurde zur Katastrophe. Zu selbstsicher war der Weltmeister Deutschland gegen die unterschätzten Dänen im Finale aufgelaufen. Fast gönnte Leon es den als Außenseiter erst später ins Turnier nachberufenen Skandinaviern. Ein Herz für die Underdogs und das Wissen, dass Überraschungen immer möglich sind und unter bestimmten Sternenkonstellationen magische Momente wie der Gewinn ihrer ersten Trophäe geschehen können; das war obendrein eine Lektion dieser Jahre.

Die WM 1994 in den USA, wo Soccer abseits von Base-, Basket- und Football als Frauensportart galt, lief nicht viel besser. Auf Effenbergs Stinkefinger-Affäre folgte schließlich das frühe Aus gegen die Bulgaren. In der Stammpizzeria von Leons Eltern – bevor jedes Restaurant einen Bildschirm aufbaute oder es Public Viewing gab – lief in der Küche ein kleiner tragbarer Antennenfernseher, vor dem sich jede freie Minute die Kellner, Köche und, wenn er dort war, eben auch Leon drängten. Einer der Ober nannte ihn zur Begrüßung augenzwinkernd »Maradona«, obwohl er so gut keinesfalls war; welch eine Ehre und Last zugleich. Die Niederlage der deutschen Elf verdaute Leon recht schnell, Hauptsache

Fußball. Diese Brasilianer, sagte sein Vater, seien wie Pelé richtige Zauberer. Sie gewannen tatsächlich den Cup, weil Italiens Roberto Baggio, „Das Göttliche Zöpfchen", seinen Elfmeter verschoss. Von da an interessierte sich Leon auch für die Stars und Mannschaften der anderen Länder.

Diese hatten 1996 allerdings keine Chance. Auf einem Campingplatz in Italien verfolgten Leon und seine Freunde die Deutschland-Spiele bei der EM in England, dem Mutterland des Fußballs. Im Halbfinale verloren die Gastgeber wieder im Elfmeterschießen: Andy Köpke hielt und Andy Möller ballerte das entscheidende Ding gnadenlos rein, um sich danach mit in die Seiten gestemmten Armen in Siegerpose zu inszenieren. »Das hätte er bleiben lassen sollen«, war die einhergehende Meinung der Väter. Die Kinder rasteten dagegen vor dem kleinen Supermarkt, wo eine Leinwand aufgestellt war, förmlich aus und spielten am folgenden Tag mit stolzer Brust auf dem kleinen Ferienbolzplatz gegen die holländischen und italienischen Kinder. Lauter beim Jubeln wurden sie nur beim Golden Goal von Oliver Bierhoff im Finale gegen die Tschechen; ein Traum wie Jürgen Klinsmann im Wembley-Stadion den Pokal von Queen Elisabeth II. überreicht bekam. „Football's coming home", was waren schon drei Löwen auf dem Shirt, wenn man den Adler über dem Herzen trug. Doch die Liebe zur Nationalmannschaft wurde auf eine harte Probe gestellt. Auf die eintönige Spielweise der langen Pässe von hinten nach vorne und wieder zurück, folgten 1998 das WM-Aus und 2000 das EM-Aus.

Mit den eigenen Spielen im Verein wuchs zeitgleich das Interesse an der Bundesliga. Es war die Zeit der langen „Ran"- und „Sportschau"-Abende mit Freunden, die von den Eltern geduldet oder sogar vom Vater begleitet wurden. Große Duelle lockten, Bremen gegen Bayern, Dortmund gegen Bayern, Leverkusen gegen Bayern. Leon und seine Kumpels drückten den Borussen die Daumen. Es folgte das erste Spiel als Zuschauer im Berliner Olympiastadion, ein Rausch, unglaublich, Leon wurde Hertha-Fan. Die Wochenenden waren damit fest verplant. Zu 10, 20, 30 trafen sie sich auf dem Marktplatz in ihrem Bezirk, fuhren ins Stadion, danach in die Diskothek. Zwischendurch Auswärtsfahrten, Sonderzüge, Fanbusse, Köpenick, Cottbus, Rostock, Gelsenkirchen. Die ersten Frauen, die ersten Drogen, die ersten blauen Augen, die ersten Bekanntschaften mit der Polente, Sturm und Drang, Leon liebte es. Alle waren dabei, vom Jura-Studenten bis zum Lackierer. Acht Mark zahlte Leon für einen Stehplatz im Gästeblock auf Schalke im Parkstadion. Fußball, das war direkte schnörkellose Sprache ohne Ausflüchte, Klartext. Spieler, Trainer und Fans trugen das Herz auf der Zunge und brachten Gefühle und Wahrheiten auf den Punkt, ohne sich groß darum zu scheren, was man sagen durfte und was nicht. Im Fußball durfte noch von Angriff, Abwehr und Sieg, von Opferbereitschaft, Zusammenhalt und Treue gesprochen werden. Eine sprachliche Insel inmitten der grassierenden politischen Korrektheit.

Dann kam das Jahr 2006, dessen Sommer einer der besten wurde, den Leon je hatte. Der vierte WM-Titel

2014 wurde zu Leons ganz persönlichem Abschiedsspiel als Fan. Die folgende EM in Frankreich war das erste Turnier, das er ganz bewusst nicht mehr verfolgte. Man wollte die Ereignisse und Stimmungen nicht mehr laufen lassen, an dessen Enden eventuell kollektive Wahrnehmungen wie „Wir sind wieder wer" 1954 stehen konnten, sondern man wollte Events lenken und Schlagzeilen schon im Vorfeld konstruieren; Brot und Spiele, in denen die Mannschaft zu einer Reklametruppe für Marken, Organisationen, Regime und Gesellschaftsexperimente verkam. Eigentlich müsste, fand Leon, bei jeder Spielübertragung am Bildschirmrand „Dauerwerbesendung" stehen.

Eine WhatsApp-Nachricht riss Leon aus seinen Gedanken, während er die Stufen zu seiner Wohnung hochtrottete; sein Vater: Er sei auf einem 70. Geburtstag am Zürichsee, sei aber Dank eines Gesprächs mit Leons Mutter genau im Bilde. Sogar mit der Oma, deren Telefon in ihrem Zimmer angeschlossen worden war, habe er kurz telefoniert. Na wenigstens hatte sich das Verhältnis seiner Eltern normalisiert, dachte sich Leon, davor durfte er nämlich Nachrichtenüberbringer spielen. Seine jetzige Rolle als roter Faden in all der Neuordnung, als Drehkreuz an dem kein Weg seiner Eltern vorbeiführte, gefiel ihm wesentlich besser. Früher hatten Eltern vier Kinder, Leon hatte halt vier Eltern. Das war bei vier Biografien und Charakteren anstrengend, verwirrend und verdoppelte das Risiko, jemanden zu enttäuschen – irgendein Anspruch blieb immer auf der Strecke. Aber, und das war neben Doppelt-Weihnachten und Doppelt-Geschenken der eigentliche Vorteil: Das alles erweiterte auch den Horizont, verdoppelte die Anzahl an Eindrücken, Lebenserfahrungen und Tipps.

In der Wohnung beim Schuheausziehen trudelte eine zweite WhatsApp-Mitteilung ein: Der Vater erwartete extrem wichtige Post von der Beihilfe wegen seiner neugemachten Zähne. Das ließe ihm keine Ruhe. Ob Leon bitte zu ihm fahren und nachschauen würde. Er könne dabei gleich die zusammengestellte Tasche mit den alten Büchern für Leons Momox-Verkäufe abholen. Da Leon eh Richtung Süden zu seiner Mutter musste und ihm dieses Unterwegssein irgendwie gut tat, willigte er ein.

VIII

Eine knappe Stunde später stand Leon vor dem S-Bahnhof seines Viertels. In dem Gebäude passierte er wie sonst auf dem Weg zur Arbeit einen älteren Zeitungsverkäufer hinter einem kleinen Tisch. Zeitungen aus Papier kaufen, dass es das noch gab. Wenn seine Eltern und er sonntagabends essen gegangen waren, hatte sein Vater auf dem Rückweg in zweiter Reihe vor einem Kaufhaus geparkt, wo am Wochenende auf zwei Tapeziertischen alle gängigen Zeitungen und Magazine verkauft wurden. Die Tapeziertische waren längst verschwunden und der Vater nutzte seit Jahren ein iPad.

Auf dem Bahnsteig setzte sich Leon auf eine der Bänke. Neben ihm wühlte ein normal gekleideter Mann um die Mitte 50 mit einer Taschenlampe dezent in den Mülleimern und fischte eine Flasche Fritz-Kola heraus, die er kurz abstellte, um mit einem Metallstäbchen eine zweite zu angeln. Leon blickte auf das Etikett, „Pfand gehört daneben" stand darauf. Vor circa 15 Jahren hatte ihn im Mauerpark zum ersten Mal jemand darauf angesprochen, die Bierflaschen bitte nicht in den Müll zu werfen, sondern daneben abzustellen – nun lebten sie also in der professionalisierten Flaschensammlergesellschaft, sogar mit eigenem Logo.

Eine gewisse Melancholie erfasste Leon. Warum hatte er selbst nie eine Zeitung bei dem alten Mann vorhin gekauft oder mal mit ihm gesprochen? Leon hatte so viele Menschen regelmäßig beobachtet, den Meester an der Fleischtheke, den Zähler am Sparkassenschalter, die

Verkäuferin in der Apotheke mit ihrem weißen Kittel und den Birkenstocks, nun waren sie wie die Geschäfte weg. Leon kehrte um. Ruhig aber direkt ging er mit einem Lächeln auf den Zeitungsverkäufer zu, der sich gerade, solange keine Züge hielten, auf einen kleinen Klappstuhl gesetzt hatte. Als er Leon auf sich zuschreiten sah, stand er schnell, fast peinlich berührt auf, als hätte man ihn bei etwas Verwerflichem erwischt.

»Guten Tag«, sagte Leon und hoffte nicht völlig missverstanden zu werden. »Da ich Sie so oft sehe, wollte ich mal grüßen, damit man künftig nicht stumm aneinander vorbeigeht.«

Der Verkäufer schaute erst skeptisch, aber setzte dann ein breites Lächeln auf, während seine vibrierenden Augen eine gewisse Rührung verrieten.

»Mir wär's ja am liebsten, Sie koofen morjens 'ne Zeitung«, sagte er mit Berliner Dialekt. »Aber die erste jibt's quasi als Abo-Jeschenk umsonst, wenn Se sajen, dass Se ab sofort jeden Tach kurz Halt machen.«

»Abgemacht, dann müssen Sie mir aber jedes Mal einen Schwank erzählen, Sie haben hier doch sicherlich einiges erlebt«, lachte Leon, nahm die zusammengeklappte Zeitung, die der Verkäufer ihm spitzbübisch hinhielt und steckte sie in seine Jackentasche.

Wieder am Bahnsteig angekommen, fuhr direkt der Zug ein. Die Linie war eine Art Lebensader für Leon. In der Nähe der übernächsten Station war er in den Kindergarten gegangen, ein Inklusionszentrum. In seiner Gruppe war die Hälfte der Kinder körperlich oder geistig behindert, was überhaupt kein Problem war. Zusammen spielten sie stundenlang Duplo und Lego, und die Gehbehinderten machten sich manchmal einen Jux daraus, die Gehfähigen »Spezialbausteine« holen zu schicken, die es gar nicht gab. Dafür fuhren die Unversehrten auf den Elektrorollstühlen mit, stellten sich hinter den Griffen auf eine Querstrebe, hielten sich mit einer Hand fest und steuerten mit der anderen den kleinen Joystick. Es war eine großartige sorgenfreie Zeit. Sie hatten alles: ein Schwimmbad, ein großes Trampolin, Hochbetten mit Strickleitern, Dreiräder in allen Größen, überdachte Sandkästen, sogar eine Pferdekoppel. Und sie hatten einen Werkraum, in dem Leon Elefanten, Chamäleons und Papageien aus Holz schnitzte. Zum Geburtstag schenkte ihm der Vater sein altes Marttiini-Lapplandmesser mit der reich verzierten Scheide. Er hatte es so oft per Hand nachgeschärft, dass die Beine des auf der Klinge eingravierten Rentiers fast weggeschliffen waren.

Der Kindergarten lag am Rand einer US-Kaserne und wenn sie händchenhaltend als Paare hintereinander aufgestellt das Areal verließen, rasselten häufig amerikanische Panzer mit aus den Luken guckenden selbstbewussten Gesichtern an ihnen vorbei, und Leon wunderte sich, warum nie deutsche Soldaten zu sehen waren.

Die S-Bahn erreichte den Schlachtensee. Bei konstanten Minusgraden hatte Leon auf ihm Eishockey gespielt, wenn die Spaziergänge mit den Eltern zu langweilig wurden. In den Sommern waren er und seine Freunde fast jedes Wochenende hier, nahmen ein Schlauchboot mit und hielten Ausschau nach stabilen Bäumen, von denen man sich mit einem Seil lianengleich ins Wasser schwingen konnte. Als Jugendliche kam noch ein reichlicher Vorrat Bier mit ins Boot und mit Luftmatratzen und aufblasbaren Palmen oder Einhörnern band man sich zu einem Floß auf der Seemitte zusammen. Abends wurde auf der großen Liegewiese oder in den kleinen Buchten viel gefeiert.

Innerhalb der Woche gingen sie lieber mit ihren Saisonkarten ins Freibad bei Leons Schule in der Gegend. Von seinem Taschengeld kaufte er sich jedes Mal einen Maiskolben oder Pommes Rot-Weiß und ein Langnese-Eis. Der Vater nahm ihn anfangs mit auf den Sprungturm. Da oben war er der Jüngste und stand verunsichert mit seinen aufgenähten Schwimmabzeichen an der Badehose am Geländer. Aber mit den anerkennenden Blicken und Nickbewegungen wuchs sein Selbstbewusstsein. Die deutschen und türkischen Männer veranstalteten vor den Augen der Damenwelt auf dem Sonnenfelsen einen kleinen Sprungwettbewerb. Auf Saltos und möglichst weit spritzende Arschbomben demonstrierte Leons Vater seinen Signature Move, einen energisch abgesprungenen Cliffhanger-Köpper mit zuvor so lange wie möglich engelsgleich ausgebreiteten Armen. Dazu stieß er einen lauten, den Fall begleitenden Tarzanschrei aus. Allerdings nahmen über die Jahre die aggressiven Pöbeleien und Fahrraddiebstähle zu, so dass irgendwann Security-Mitarbeiter am Schwimmbadeingang standen. Heutzutage fuhr Leon zum Schwimmen überwiegend raus nach Brandenburg.

An der Station Wannsee musste man neuerdings in Richtung Potsdam umsteigen. Hier waren Leon und seine Eltern nach der Wiedervereinigung öfters mit ihren Fahrrädern ausgestiegen, um über die Glienicker Brücke nach Brandenburg zu radeln. Meistens machten sie auf dem Rückweg einen Stopp in einem Biergarten oder in der Villa Kellermann, in der jetzt Sternekoch Tim Raue ein Restaurant betrieb.

Der Wannsee glitzerte als sich die Sonne eine Lücke zwischen den Wolken suchte. Manchmal segelte Leon mit seiner Mutter und Rainer zwischen Pfaueninsel, Lindwerder und Spandau. Rainer brachte ihm während so mancher Flasche Crémant das Wenden und die Segelkommandos bei. Er war es auch, der ihm in weiterführenden Ergänzungen zum Großvater noch mehr Krawattenknoten, Kragenformen, Schuhmodelle und Faltmuster des Einstecktuchs zeigte. Sowieso hatte Rainer für fast jede Lebenslage ein geerbtes Gadget aus dem 19. Jahrhundert und für jedes seiner exzellenten Gerichte ein passendes Meissener-Geschirrset. Nach dem Essen tranken sie Cognac oder rauchten Zigarren, für die er Leon einen Schneider aus Silber schenkte. Trotzdem lief Rainer am Liegeplatz des Segelboots mit alten zerknittertlöchrigen Hemden und einem dreckigen Anglerhut rum. Aber eben das fand Leon im Vergleich zu einigen aufgetakelten Platznachbarn so sympathisch.

Der Zug hielt am Campus Griebnitzsee, an dem Leon nach seinem Uniwechsel einige Semester studiert hatte. Einen Sommer schrieb er im Garten des Schlosses Ba-

belsberg an einer Hausarbeit über den „Anti-Machiavel"
Friedrichs des Großen, und fern der alten DDR-
Vorlesungsräume, die damals noch genutzt wurden, fühl-
te sich das nicht nach Quellenanalyse in der Vergangen-
heit an, sondern nach Fortführung eines Zeitstrahls in die
Zukunft. Im Park Babelsberg und am renovierten Neuen
Palais im Park Sanssouci zu lernen, das hatte pathetisch
gesprochen etwas von einer Aufrechterhaltung Preußens.
Tagsüber schaute Leon beim Alten Fritz und seinen
Windspielen vorbei und abends feierte er auf Eras-
muspartys im Studentenwohnheim, das erfreulicherweise
noch nicht mit Antifa-Flyern zugetackert war.

Weiter ging es mit der S-Bahn über die Haltestelle Babelsberg, wo Leon als Kind von der Stuntshow im Film-
park gar nicht genug kriegen konnte. Am Hauptbahnhof
Potsdam nahm er die Regio und stieg kurz darauf im
Wohnort seines Vaters aus dem Zug. Das Bahnhofsge-
bäude ähnelte dem in Werder an der Havel, wo Leon und
seine Jungs jedes Jahr die Baumblüte zelebrierten und
durch die florierenden Gärten der Obstweinverkäufer
zogen.

Nach ungefähr zehn Minuten erreichte Leon den nie-
renförmigen See und die Kopfsteinpflasterstraße mit dem
Haus von Sabine und seinem Vater. Am Ufer im Schilf
lag das kleine bordeauxrote Bootshaus, in dem die
Freundin seines Vaters ein Holzruderboot wieder flott
gemacht hatte und seitdem jeden Morgen – den sie vor
Ort waren – hinausruderte und einige Minuten schwamm.
Irgendwie hatte sie es geschafft, den umtriebigen Vater

zu bändigen und ihm Ruhe und ein Zuhause zu geben. Wie, das wusste vielleicht nur sie selbst. Aber wahrscheinlich gelang es, weil sie ihm seine Freiheiten ließ und die beiden erst nach Jahren der Fernbeziehung zusammengezogen waren.

Ein Freund von Leons Vater hatte bereits Anfang der Neunziger hier einen alten Hof mit nach hinten verlaufenden Stallungen und Gärten saniert. Damals ließ die eine Hälfte des Freundeskreises ihre Altbauwohnungen von Polen renovieren, während die andere Hälfte in den Speckgürtel zog; entweder in heruntergekommene individuell gelegene Gemäuer oder in enge Neubausiedlungen, die jetzt wieder überall aufploppten, wo eine Regional- oder S-Bahn hielt, und die so knapp geplant waren, dass man mit den Autos kaum um die Kurven kam.

Der Freund des Vaters musste sogar den Hauskauf vermitteln, sonst hätten sie gar keine bezahlbare Immobilie mehr bekommen. Manche Orte erinnerten Leon schon an den Kollwitz-Kiez. Ein Dorf weiter zum Beispiel hatten kürzlich zwei Berliner auf einem ehemaligen Gartenbaugelände einen Soul-Food-Market eröffnet mit einer Räucherei, wechselnden Ständen, einer veganen Konditorei und einem queeren Café, in dem es neben den Gemeindeversammlungen regelmäßig Kunstausstellungen gab. Seitdem herrschte da richtig Leben und Typen in Patagonia-Shirts fotografierten mit Leicas ihre Töchter in pastellfarbenen Sommerkleidern. Und drei aufgebaute Airbnb-Holzhütten am Ortseingang waren jedes Wochenende ausgebucht. Die märkische Schenke, in der Leon bei Besuchen des Freundes seines Vaters früher den örtlichen Jägern in Strichtarn beim Wodka- und Rex-Pils-Trinken zugeschaut hatte, war bereits kurz nach der Jahrtausendwende eingegangen.

Beim Grundstück schräg gegenüber vom Haus des Vaters stand ein dunkelgrüner Defender mit Proteststicker gegen die BER-Flugrouten am Heck. An der mit Baugerät umstellten Scheune lehnten zwei riesige Panoramafenster, bereit in die fertiggestellten Aussparungen eingesetzt zu werden. Beim Nachbarn des Vaters stand ein metallicsilberner Skoda Kombi in der Einfahrt. An der Kofferraumklappe erkannte Leon einen Ichthys-Fisch sowie einen Sylt- und einen „Atom-Kraft? Nein Danke"-Aufkleber.

Im Briefkasten fand er tatsächlich die von seinem Vater heiß ersehnten Beihilfe-Briefe zur Kostenregelung mehrerer Zahnimplantate. Leon fotografierte sie sorgfältig ab und schickte die Bilder per WhatsApp an seinen Vater. Die Wurzelholzskulptur auf dem Sekretär im mit Vintage-Fliesen ausgelegten Eingangsbereich begrüßte Leon im Haus des Vaters. Darin steckte eine Samurai-Postkarte, die Leon ihm nach dem Studium aus Tokio geschickt hatte. Komischerweise war es die einzige seiner vielen verschickten Karten, die sich der Vater hingehangen hatte. Sehr wahrscheinlich weil es die allererste Reise war, die Leon ohne Ankündigung unternommen und lediglich nach einigen Wochen eine kurze Mail aus Asien geschickt hatte – mit der Bitte um die Kreditkartennummer für eine Hostelreservierung, die er natürlich nicht vom Vater, aber von der Mutter bekam. Trotzdem fand der Vater dieses plötzliche Wegfahren wohl ganz gut. Vielleicht hatte es ihn an seine Trampertour als Jugendlicher nach Marokko erinnert – seine persönlichen afrikanischen Spiele. Allerdings hatten ihm die marokkanischen Grenzer Hasch untergejubelt und ihn gezwungen, die langen Haare abzuschneiden. Erst nach der Zahlung eines Bestechungsgeldes kam der Vater wieder frei. Leon wusste bis heute nicht, ob sein Vater oder sein Großvater den Betrag bezahlt hatte. Er dagegen hatte nur eine Visakartennummer gewollt, um sich online eine Unterkunft in der Nähe der Shibuya Crossing sichern zu können.

Die Tasche mit den Büchern für Leon stand im Wohnzimmer vor den Industrieregalen aus Edelstahlrohren. Die hielten durch ein spezielles Verschraubsystem und hatten dafür irgendeinen Designpreis gewonnen. Die Regale hatte sich der Vater vor Jahren bei einer kleinen Hinterhoffirma gekauft, einige waren sogar Maßanfertigungen mit ausgesuchten Holzplatten. Und Leons Vater war ganz stolz darauf, dass er die »Jungs«, wie er immer alle in einer Werkstatt oder Handwerksfirma nannte, quasi mitentdeckt hatte: »Kunde Nummer 4!« Die rüsteten zu der Zeit noch keine Werbeagenturen, Messestände und Modehäuser aus und waren noch nicht so schweineteuer. Heutzutage kam der Vater ins Schwitzen beim Kauf neuer Aufbauten. Deshalb versuchte er tatsächlich permanent einen Rabatt auszuhandeln, weil er ja einer der ersten Kunden sei – teilweise sogar mit Erfolg. Sein Wohnzimmer sah daher aus wie eine Fabrik, obwohl nur die Musik- und Büchersammlungen in den Regalen standen.

Leon musste jedes Mal schmunzeln. Das war so ähnlich, wie mit diesen Jeans im abgewetzten Used-Look, über die sich sein Vater sonst aufregte, weil die künstlich schwere Arbeit vortäuschten, aber in Wirklichkeit extra behandelt und dafür auch noch teurer seien; und nur von showmachenden Typen getragen würden, die gar nicht körperlich arbeiteten. Leon dachte bei solchen Tiraden über die Proletarierehre an sein Sportstudio, das wie eine alte Ziegelei oder ein Stahlwerk designt war, nur dass die Leute beruflich ja größtenteils gar keine Dinge mehr schleppen mussten oder ähnliches, sondern am Schreibtisch hockten und deshalb als Ausgleich zum Fitness dackelten.

Leon ging die aufgereihten Zeit-Lexika, T.C.-Boyle-Bände, Schallplatten und CDs durch. Wenn er früher bei seinem Vater ankam, spielte dieser ihm oft seine neu gekauften Alben vor. Sie saßen dann mit Karamellpudding, den der Vater morgens in den Kühlschrank gestellt hatte, in dem schwarzen Sessel mit Ottoman und hörten Joe Cocker, Pavarotti oder die Rolling Stones, bei denen der Vater einmal sagte, er wäre bei einem Lied derart auf LSD gewesen, dass er dachte übers Wasser laufen zu können. Leon verstand zwar in diesem Moment nur Bahnhof, aber übers Wasser gehen zu können, wenn man die Stones hört, das beeindruckte ihn.

Es war immer eine bunte musikalische Mischung. Auf Wizo konnten Caterina Valente oder Maria Callas folgen, und zu ihren kleinen Männer-Weihnachtsfeiern lief Ivan Rebroff, einer der Lieblingssänger der Oma. Von ihr hatten sie beide vielleicht auch ihre Begeisterung für

Opern, sie sang nämlich im Chor der Oper Duisburg. Die Mutter seines Vaters hatte Leon leider nie kennengelernt, nur ein Foto von ihr in Ausgehkostüm mit Damenhut und dünnen Handschuhen hatte er vor Augen. Sie war jung an Krebs gestorben, den sie sich, so die Vermutung des Vaters, bei ihrer Arbeit während des Zweiten Weltkriegs in einem der riesigen Hydrierwerke im Ruhrgebiet eingefangen hatte. Was diese Frau alles war, Verkäuferin, Aushilfslaborantin, Sängerin, Mutter – und das alles ohne Quotengequatsche. Leon hätte sie wirklich gerne getroffen.

Er ließ sich auf das knallrote, aus der Studienzeit seines Vaters stammende Ledersofa fallen. Es gehörte zum Vater wie die Lederjacken, die an den oberen zwei Knöpfen offenen Freizeithemden und das lange, mittlerweile graue Haar. Wenn Leon an den Wochenenden bei ihm war, schlief er auf dieser Couch. Zog man sie aus, befand sich unter der umklappbaren Sitzfläche ein kleiner Stauraum für Kopfkissen und Decken. Die Luke dazu konnte man schräg aufstellen und einrasten lassen. Legte Leon die umgeklappte Liegefläche darauf, entstand eine Höhle, in der er sich als Kind vorgestellt hatte wie Huckleberry Finn oder wie Mogli mit Wölfen zu leben. Oder die Konstruktion wurde ein Wikinger-Boot, ein Feuerwehrwagen von „Grisu, dem kleinen Drachen" oder ein Panzer, dem eine alte Warnleuchte als Laserkanone diente. Alternativ verwandelte sich das Sofa in ein Fort im Kampf gegen Indianer wie bei Winnetou. Und weil Leon gerade letzteres so gern spielte, schenkte ihm sein Vater einen richtigen Bogen mit Pfeilen mit Metallspitzen und dicke Lederbandagen für den Unterarm und die Finger als Schutz vor der straff gespannten Sehne. Zusammen schossen sie auf eine blau-weiß-rote Zielscheibe aus Stroh, aber soviel Leon auch übte, einen steckenden Pfeil mit einem zweiten zu spalten so wie Robin Hood gelang ihm einfach nicht.

Leon strich über das raue zerkratzte Leder des Sofas. Warum der Vater das nie mit Pflegebalsam einrieb verstand er nicht. Es verletzte ihn sogar ein wenig, weil der Vater damit diese ganzen Erinnerungen ebenfalls verkommen ließ. Wie oft sie hier gesessen und Filme mit Adriano Celentano oder Bud Spencer und Terence Hill geschaut hatten. Bud Spencer, das war neben Mike Tyson, der sogar mit Tigern kämpfte, der stärkste Mann der Welt. Eine Ohrfeige oder ein hammerartiger Faustschlag auf den Kopf reichte, um Banditen, Mafiosi und Söldner auszuschalten. Seine Kraft missbrauchte Bud aber nie und half stets den Schwachen.

Wenn nichts gutes im Fernsehen lief, spielten sie Tipp-Kick mit diesem verflixten eckigen Pseudoball. Oder sie gingen ins Kino und mogelten Leon in „Jurassic Parc" und dergleichen, obwohl der ja erst ab 12 Jahren war. Oder sie holten sich ein Video bei einer der an jeder Ecke eröffnenden Videotheken. Bei denen gab es außerdem XXL-Eisbecher, exotische Knabbersachen und ungewöhnliche Getränke, die man in normalen Supermärkten gar nicht bekam. Meistens liehen sie sich zwei Filme aus, einen Blockbuster wie „Terminator 2" und einen deutschen Film. Und auch wenn die US-Actionreißer mit unglaublichen Effekten auftrumpften, musste Leon seinem Vater Recht geben: Die deutschen Produktionen waren besser. Seine absoluten Lieblingsfilme waren „Kleine Haie" und „Bang Boom Bang", für den Ralf Richter allein schon für seinen Eingangsmonolog als Kalle Grabowski einen Oscar verdient hätte.

Der Lieblingsfilm des Vaters war „Blow Up" von 1966, in dem ein junger englischer Fotograf ein unscharfes Zufallsfoto in einem Park schießt, auf dem er meint einen Mord zu erkennen. Mit Leon schaute sich der Vater den Film seit Jahrzehnten erneut an. Das allererste Mal hatte er ihn mit einem Jugendfreund aus dem Ruhrgebiet gesehen und beide waren sofort fasziniert. Was für eine Hauptfigur: ein eigenes Studio, schöne halbnackte Frauen, ein eigenes Auto, gut bezahlte Fotoaufträge aus Werbung und Kunstwelt und nebenbei knipste er die britische Arbeiterwelt. Das könnten sie im Revier auch machen, sagten sie sich. Beide fingen an, zu fotografieren und in einer selbst eingerichteten Dunkelkammer zu entwickeln. Beide hatten den Traum, Fotograf zu werden, mit dem Arbeitsalltag des Malochers als Sujet. Doch nur der Kumpel des Vaters, Günther, hatte den Mut, es wirklich zu versuchen und wurde tatsächlich an einer Kunsthochschule angenommen. Leons Vater dagegen entschied sich für den sicheren vernünftigeren Weg und beendete seine Gärtnerlehre. Immerhin waren die bunten Blumen ebenso ein schöner Kontrast zur staubigen Luft der unzähligen Schornsteine, welche die Fassaden und die aufgehangene Wäsche grau färbte und sich wie eine diesige, jegliche

176

Sonnenstrahlen verschluckende Glocke über das Ruhrgebiet legte.

Insgeheim aber, das wurde Leon erst später klar,
wurmte es den Vater, dass er den Schritt in die vermeintlich brotlose Kunst nicht riskiert hatte. Erst recht als Günther Erfolge feierte, seine Fotografien ausstellte und für
tausende Mark beziehungsweise Euro verkaufte. Und das
mit dem Ansatz, den sich beide damals bei „Blow Up"
abgeguckt hatten. Ende der Achtziger hatte Günther mit
dem Fotoband „Feierabend", für den er Porträtaufnahmen
von Arbeitern am Ende ihres Arbeitstags gemacht hatte,
seinen Durchbruch. Später knüpfte er mit „Handarbeit"
daran an und fotografierte die Hände von Handwerkern
bei typischen Tätigkeiten ihres jeweiligen Berufs. Leon
und sein Vater hatten sogar mal bei einem Fotoshooting
bei einem Goldschmied geholfen; ebenfalls ein alter
Freund der beiden aus dem Pott. Jedoch hatte er es nicht
herausgeschafft und wohnte in einer Laube, in der auch
seine Werkstatt lag, und der Großteil seiner Aufträge
waren einfache Änderungen irgendwelcher Christ-
Geschenke oder Uhren.

Für das Shooting hatten sie sich ausgerechnet eine
goldene Rolex Day-Date besorgt, und Leon musste die
ganze Zeit auf diese überhaupt nicht zur Szenerie passende Uhr starren, weil irgendwas an ihr komisch war. Er
kannte die Day-Date mit dem berühmten Präsidenten-
armband, die heute jeder Rapper trägt, bis zu diesem
Zeitpunkt nur von dem Zahnarzt seiner Mutter, der auch
ihn behandelte und bei Leons erstem Besuch die ganze
Zeit von seinem Porsche-Cabrio und den Tennisstunden

bei Blau-Weiss erzählte. Leon war angesichts der festgestellten zwei Löcher total aufgeregt, nicht wegen der möglichen Schmerzen, von denen alle sprachen, sondern weil er eine Hörspielkassette besaß, die „Karius und Baktus" als eingeschworene Brüder mit Hacken und Schaufeln in dem Gebiss eines Jungen darstellte. Karius und Baktus hatten zusammen darbe Zeiten überstanden, in denen der Pimpf nur Rüben und Schwarzbrot aß. Aber als die Süßigkeiten kamen, bauten sie sich in den Beißern mit viel Mühe ein Haus, wurden jedoch bald grausam beiseite geputzt und ausgespült. Und obwohl das Kind andauernd »Aua« rief, und auch ein Zahn von Leon ganz schön ziepte, hatte er fast Mitleid mit den beiden fleißigen Arbeitern und war skeptisch, ob er ihren Unterschlupf bei sich im Mund wirklich erdbebengleich zerstören lassen sollte. Um ihn zu beruhigen, zeigte der Zahnarzt lauter für Kinder gemachte Zeichnungen von riesigen angefressenen Zähnen und erklärte, wie er dagegen vorgehen werde. Dabei konnte Leon aus seinem abgefahrenen spaceshuttlemäßigen Sitz die unter der hellen Lampe glänzende Rolex genau beobachten.

Und dann erkannte Leon bei dem Fotoshooting, was der Unterschied zwischen den beiden ansonsten gleichen Uhren mit der kleinen Krone war. Die Rolex des Zahnarztes hatte einen dezent vor sich hin laufenden Sekundenzeiger. Der Sekundenzeiger bei seinem Vater und Günther tickte dagegen in großen einzelnen Schritten. Erst später lernte Leon, dass dies einen deutlichen Hinweis auf eine Fälschung darstellte.

Auf jeden Fall, während sie sich mit den Kameras und den Zusatzlichtern über dieser »Zuhälteruhr« versammelten, erzählte der Goldschmied von früher.

»Wisst ihr noch, als hier alles für eine Feier mit Matratzen und Decken ausgelegt war und sich im Laufe der Nacht eine echte Orgie entwickelt hat?« lachte er. »Aber wenn ich mich recht erinnere, konntet ihr da nicht so richtig mitmischen, weil ihr zu viel gekifft hattet.« Immerhin in der Vergangenheit war er noch der King.

Dafür trug Günther mittlerweile schöne Hemden mit zwei Brusttaschen wie sie Robert Capa, Helmut Newton und Peter Lindbergh häufig anhatten. Und auf den Geburtstagspartys von Leons Vater warf er öfters ein dunkles Sakko über, mit einem Mont-Blanc-Füller in der Reverstasche, so dass der goldene Klipp und der weiße Stern sichtbar waren, was Leon total peinlich fand, weil es das Bling-Bling-Gehabe mit der Spießigkeit eines Versicherungskaufmanns verband. Dazu kam ein locker umgelegter Schal wie ihn Professoren in schlechten Filmen oder Ralph Giordano trugen. Jeden Geburtstag wollte Leon ihn fragen, ob er diesen stereotypen Künstler- und Intellektuellenschick ernst meinte oder ob er solche Leute selbstironisch veräppeln wollte. Aber bisher hatte sich Leon nie getraut, aus Angst, Günther könne das wirklich ernst meinen. Denn eigentlich fand es Leon super, dass er tatsächlich seinen Traum verwirklicht hatte.

Leon vermisste den Hund, der sonst bei seinen Vater-Besuchen zu ihm aufs rote Sofa sprang und sich unter der

Tagesdecke in Tigerfelloptik einrollte. Leons Oma hatte sich mit ihr zugedeckt, wenn sie eine seltene kurze Pause von der Hausarbeit gemacht hatte. Nun war ihre Lieblingsdecke von Hundebissen durchlöchert. Seit gut vier Jahren hatten sein Vater und Sabine die quirlige Mischung aus Deutsch Kurzhaar, Schäferhund und Dackel, „Libuda", nach dem ehemaligen Schalke-Spieler, in dessen Tabakladen Leons Vater früher öfters Zigaretten einkaufen war. Über dem Sofa hingen die ersten drei Hosen, die Libuda zerbissen hatte, in dicken schwarzen Rahmen an der Wand. »Mit der Serie sollte ich nach Basel fahren«, hatte sein Vater gelacht und nannte das Kunstwerk „Trophäen eines Hundes".

Wenn Leon und der Hund nach langen Spaziergängen müde waren, legten sie sich zusammen für ein Nickerchen auf die Couch, und Libuda konnte sich gar nicht eng genug zwischen Leons Beinen einklemmen und schien gar keinen Sauerstoff unter der Tigerdecke zu brauchen. Leon machte sich manchmal Sorgen und schaute nach. Wer einmal einen Hund beobachtet, wie er im Schlaf träumt, zuckt, tief atmet und quiekt, der betrachtet danach alle Tiere und jedes Fleischstück mit anderen Augen. Dabei ging es gar nicht um töten oder nicht töten, Libuda war selbst Fleischfresser und ein Jäger, der ständig in den Wäldern Wildschweine und Füchse aufspürte. Es ging darum, wie getötet wird und wie die Tiere davor gehalten werden.

Und so hatte Leon überhaupt kein komisches Gefühl, dass er genau jetzt Hunger bekam. Er wusste, der Vater kaufte sein Fleisch seit Jahren ausschließlich in der örtlichen Metzgerei, die bei den Bauern aus der Umgebung selbst schlachtete. Das erinnere ihn an seine Kindheit, betonte der Vater stets, als in den Arbeitersiedlungen einige Familien Schweine und Hühner neben den Brieftauben in ihren Gartenparzellen gehalten hatten, und einmal im Jahr war der Schlachter mit einem langen dünnen Messer gekommen.

Leon ging in die Küche, um sich etwas zu Essen aus dem Kühlschrank zu holen, aber der war bis auf einen unberührten Tête de Moine auf dem typischen Hobelrondell, ein Glas Tessiner Feigensenf und eine Flasche Grauburgunder leer. Das Gedeck für die Rückkehr der beiden ist schon vorbereitet, dachte sich Leon. Mit den zwei letzten schrumpeligen Äpfeln aus der Obstschale setzte er sich an den riesigen Werktisch, den sein Vater von seinen Schülern im Unterricht abschleifen und lackieren lassen hatte und als Esstisch nutzte.

Als sie einige Jahre in Berlin zusammen gewohnt hatten, weil die Mutter nicht mehr mit dem pubertierenden Leon klarkam, kochte der Vater häufig: Lachsfilet, Möhrendurcheinander mit Knackern, Grünkohl mit Kassler, Apfelpfannkuchen, Schweinemedaillons in Weinsoße und danach Tiramisu. Dabei übernahm Leon neben der leicht cholerischen Art auch das ungeduldige schnelle Esstempo. Der Vater lästerte zwar gern, wie verwöhnt Leon sei, aber in Wahrheit war er froh, ihn verwöhnen und anderen etwas bieten zu können. Legendär waren die jährlichen Spargelessen, zu denen Leons Freunde samt Eltern eingeladen wurden und die als Gelage erst mitten in der Nacht endeten.

Jeden Morgen vor der Schule und der Arbeit frühstückten sie zusammen, am liebsten Rührei mit Speck. In der Oberstufe nahm Leons Französischkurs das Buch „La Place" von Annie Ernaux durch, in dem sie ihren prolligen Vater schamhaft berührt im weißen Unterhemd beschreibt. Und Leon hatte an seinen Vater denken müssen, der auch jeden Morgen so da saß in der Küche. Aber Leon störte das überhaupt nicht, ganz im Gegenteil, da waren sie beide stumpf und selbstbewusst. Als sie einmal in einem Restaurant aßen und Leon – wie bei der Oma gewohnt – anfing die Kartoffeln mit der Soße zu vermanschen, kam ein Kellner angerauscht und wies pikiert auf das Gemisch des kleinen Jungen hin. Doch Leons Vater sagte bloß trocken: »Hömma, lass ihn mal machen, wie er will.« Leon liebte ihn sehr in diesem Augenblick. Genau wie in einer Situation der späteren Phase, in der Leon öfters in nicht ungefährlichen Ecken Berlins abhing, der Vater aber nur meinte: »Wenn du Probleme bekommst, ruf mich an, dann hole ich dich da raus.« Mehr will ein Sohn von seinem Vater nicht hören.

Zu den Feiern in seiner ehemaligen Hauptstadtwohnung hatte der Vater den Esstisch in die Wohnzimmermitte gestellt und ihn mit zusätzlichen Klappstühlen umzäunt. Da saßen alle zusammen wie in einer großen Kommune, die Kumpels und Nachbarn mit ihren neuen und alten Partnern. Welche Konstellationen die Anwesenden untereinander durchgemacht hatten, überstieg die Kreativität jedes „GZSZ"-Drehbuchautors. Aber je mehr übertriebene Eifersuchtsanfälle und Kontaktverbote zu Ex-

Freundinnen Leon in seinen Beziehungen erlebte, desto mehr Gefallen fand er an diesem unverkrampften Setting, das sich zugegeben erst einpendelte, seitdem alle Beteiligten das sechzigste Lebensjahr überschritten hatten.

Was ihn an den illustren Runden störte, waren neben dem medizinischen Verbal-FKK über neueste Gebrechen, Operationen und Darmspiegelungen die ständigen bigotten Heucheleien. Da schimpften hohe Beamte, Architekten und Unternehmer zwischen Altbaustuck und Fischgrätparkett auf die ungerechte ausbeuterische Gesellschaft, Banken und Heuschrecken, und kurz darauf erzählten die gleichen Leute Geschichten von ihrer Ayurveda-Kur auf Sri Lanka, von der Biennale di Venezia oder vom letzten Spa-Sternedinner. Hörten die sich eigentlich selbst zu? Leon musste dabei oft an Joschka Fischer und die Toskana-Fraktion denken. Unter einem dieser Gala-Berichte über Grünen- und SPD-Politiker, die ihre Urlaube gerne in der italienischen Region verbrachten, war Leon im Wartezimmer seines Kieferorthopäden ein Foto Fischers aufgefallen, auf dem er einen siegelringähnlichen Klunker am Finger trug: Sieh mal einer an, welch bürgerlichem bis aristokratischem Lifestyle diese Spontis nacheiferten.

Aber wie Leon nun in der Küche saß, die zwei Äpfel viertelte und auf ein gerahmtes Schwarz-Weiß-Foto der Hände seiner Uroma schaute, die seinem Vater in dessen Kindertagen Obstscheiben zurechtschnitt, empfand er keinen Spott, sondern so etwas wie Bewunderung für seinen alten Herrn. Denn das alles, das Haus hier, die große Hauptstadtwohnung vorher, die vielen Reisen, das war dem Vater nicht in den Schoß gefallen. Früher musste er sich ein Zimmer und ein Bett mit seiner Großmutter teilen nachdem sein Großvater gestorben war. Dieser hatte, und das war ein weiteres Arbeiterepos, die gesamte Baugrube für das Mehrgenerationenhaus neben seiner Arbeit auf dem Pütt alleine mit einer Schaufel ausgehoben. Pünktlich zum fertigen Rohbau nach getaner Pflicht und Kür für die Familie starb Leons Uropa noch vor dem Ruhestand.

Wie durfte Leons Vater sich da über zu wenig Platz beschweren und seiner Oma böse sein, die ihren Mann verloren hatte, weil dieser sich für die Nachkommen verzehrt hatte. Also lag er hin- und hergerissen zwischen Wut, Dankbarkeit, einem schlechten Gewissen und Mitleid mit sich und seiner Oma still neben ihr, hörte sie schnarchen und ersehnte sich jene Zeit der Freizügigkeit und des sozialen Aufstiegs, die wenige Jahre später unter den Labels „Sexuelle Revolution" und „Studentenproteste" auch ihn erreichen sollte. Obwohl er mit diesen Leuten, die größtenteils nicht in solchen Verhältnissen groß geworden waren, zuvor wenig zu tun hatte.

Als einziger Arbeiterjunge hatte er es in der nach Konfessionen zweigeteilten Grundschule durch die obligatorische Prüfung auf das Gymnasium geschafft. Aber die Bürgerlichen hatten ihm von Anfang an zu verstehen gegeben, dass er nicht dazugehörte. Sie spotteten über seinen Slang, sein Aussehen, seine Kleidung. Wer frech wurde, musste dem Lehrer die Finger hinstrecken für die Stockschläge. Nachdem Leons Vater einem Mitschüler den Arm gebrochen hatte, waren sie froh, ihn von der Schule werfen zu können. Das Geschick, auch mal Klappe und Temperament zurückzuhalten, sollte nie seine Spezialität werden. Eigentlich fand Leon das gut, sein Vater gehörte nie zu den heutigen Lappen, die das Maul hielten, wenn jemand im Park oder in der U-Bahn rumpöbelte oder seinen Dreck hinterließ.

Allerdings rückte damit das Abi damals in weite Ferne und es ging stattdessen auf die Realschule und danach in die Lehre. Erst der zweite Bildungsweg und diverse Nebenjobs führten zum Studienabschluss. Nie im Leben wäre Leon daher auf die Idee gekommen, einen Müllmann, eine Kassiererin oder einen Bauarbeiter aufgrund des Berufs despektierlich anzuschauen. Das war ein Erziehungspfeiler. Solange man nicht mit seiner Hände Arbeit seinen Lebensunterhalt und den seiner Familie selbst bestreiten konnte, waren Abitur und Studium nichts. Und als Leon mal einige Monate arbeitslos war und Hartz IV bezog, fühlte er sich als genau das, als Nichts. Er hatte sich so geschämt, vor sich, den Eltern, den Großeltern – und das Arbeitsamt bot ihm bis auf eine „Karriere im Justizvollzug" auch nichts an, selbst seine wöchentlichen Bewerbungsschreiben interessierten die Sachbearbeiterin nicht.

Gleichzeitig war der Vater megastolz auf all die Zeugnisse und Abschlüsse. Sie waren keine schnöden Papiere, sondern ein Paradigmenwechsel. Leon war der erste aus der Familie seines Vaters, der ohne Umwege das Gymnasium und eine Universität abgeschlossen hatte. Da ging es nicht nur um seine Biografie, sondern um

Respekt. Es zeigte, die Mühen der Vorväter waren es wert gewesen. So hatte Leon während seines Studiums nicht eine einzige Klausur vergeigt und sogar unter Regelstudienzeit studiert. »Wer saufen kann, kann auch arbeiten«, schallte es immer noch in seinen Ohren. Ein Semester dranzuhängen, war für ihn gar nicht in Frage gekommen.

Leon ließ die Blicke in der Küche schweifen. Über der Spüle hing ein riesiges stilisiertes Bild der Zeche Nordstern, dem Arbeitsplatz des Urgroßvaters. Vor fast zehn Jahren war Leon selbst dort gewesen. Er absolvierte ein dreimonatiges Praktikum bei einem Radiosender in Essen und hoffte insgeheim, der Vater komme für eine Woche vorbei, um mit ihm das Revier jenseits der kurzen Urlaubsstopps zu durchstreifen. Bei diesen hatten sie zwar Halden erklommen, stillgelegte Hochöfen erkundet und Ausstellungen in Gasometern besucht, aber auf die Spuren der Kindheit und Jugend hatte der Vater ihn nie mitgenommen. Doch der Vater kam nicht, so wie er die Idee, seine alten Fotografien gemeinsam zu sortieren und in einem Bildband per Print on Demand zu veröffentlichen, nicht unterstützte. Stattdessen traf sich Leon mit dem besten Freund des Vaters. Der wohnte in einem Stadtteil mit Einfamilienhäusern, in dem auch paar Schalke-Funktionäre residierten, und zeigte Leon zwei Tage die Glückauf-Kampfbahn, die Zeche Zollverein, das Bergbau-Museum und eine alte Krupp'sche Arbeitersiedlung, in der er stolz mit seinem Insiderwissen auf eine Mauer verwies, an der noch die Teerfarbreste einer Wahlkampfparole aus den Dreißigern durchschimmerten: „Wählt KPD!"

Und so war Leon die meisten Abende alleine, was ihn verstörte, denn sein Vater und ein Teil seiner Familie kamen hier her. Wo waren die? Wer davon war überhaupt übrig? Gerade die Türken und Araber in seinem Alter liefen hier in Familienverbänden in Fußballmannschaftsstärke herum, mindestens. Auch von den Bahnhofstraßen, die einst »zu den umsatzstärksten im ganzen Land gehörten, weil die Leute hier in die Händen spuckten«, wie der Vater schwärmte, war wenig geblieben jenseits von dm, TEDi, Takko Fashion und Schuldnerberatung. Aus Arbeiterquartieren waren Arbeitslosenquartiere geworden.

Leon ergriff die kleine Holzfigur eines mit Spitzhacke und Wetterlampe ausgestatteten Kumpels, die an der Küchenwand auf dem querverlaufenden Gasrohr zum Herd stand. Das letzte Mal war er 2018 mit seinem Vater im Ruhrgebiet, zur Schließung von Prosper-Haniel, der letzten Steinkohlezeche. Der Vater und sein bester Freund hatten eine kleine, anfangs nicht so ernst gemeinte Abschiedsfeier unter dem Motto „Glück auf, Glück auf! Der Steiger geht!" organisiert. Sie sollte in erster Linie Anlass bieten, mal wieder alle alten Jugendfreunde zusammenzutrommeln in der Hoffnung, dass angesichts dieses tiefgreifenden Ereignisses möglichst viele wirklich erscheinen. In der Tat kamen knapp zwei Dutzend Weggefährten in die alte Kneipe, in der Leons Vater früher parallel zur Abendschule als Kellner gearbeitet hatte. Die ganze Szenerie erinnerte den Vater an die alten Feier-

abendrunden, mit denen der damalige Besitzer seinen
Bedienungen das Trinkgeld aus den Taschen ziehen wollte.

Selbst ein SPD-Abgeordneter, den Leon von einigen
Drehterminen im Bundestag kannte, schaute vorbei und
erzählte grinsend, wie er damals zu den Jusos-
Stammtischen tingelte, während sich Leons Vater mehr
den neuen Möglichkeiten bei den Damen statt in der Politik zuwandte und lieber in der WG in einer ehemaligen
Brauerei blieb. Blöd nur, dass einer der Mitbewohner als
potentieller Kontakt in sichergestellten RAF-Unterlagen
aufgetaucht war und eines Abends, während Leons Vater
mit einer neuen Eroberung im Bett lag, die Polizei mit
angelegten Maschinenpistolen ins Schlafzimmer stürmte.

Ein Schönheitschirurg, der als Nachkomme des In-
dustriebürgertums erst über den Fußball zu der Truppe
gestoßen war, berichtete von den neuesten Zoten seiner
Kundinnen aus den Klatschspalten, seinen Erlebnissen in
der Stadion-Loge und vom jüngsten, ärztlich betreuten,
psychedelischen Seminar in den Niederlanden. Ein Jazz-
Musiker trug die Geschichte des London-Ausflugs vor,
die Leon schon von seinem Vater kannte. In den Siebzigern waren sie alle zusammen durch England gefahren
auf den Spuren ihrer Musikidole, der Subkulturen und
ihrer Lieblingsklamotten, die damals dort billig waren,
weil Großbritannien und besonders die Industrie am Boden lagen. In London zogen sie – geschockt von den
Lebensbedingungen und von den Zähnen der Einheimi-
schen – durch die Pubs, bis sie in einem auf eine Gruppe
Frauen stießen, die Röcke kaum länger als Slips trugen.

Und weil alle gut getankt hatten, griff einer der Deutschen einem Mädel zur Begrüßung zwischen die Beine, was angesichts der East-End-Arbeiterjungs am Tresen keine gute Idee war. Denn der Anführer verpasste dem Freund von Leons Vater sofort eine knackende Kopfnuss, und als die anderen Engländer mit abgebrochenen Flaschenhälsen ankamen, hieß es rennen. Glücklicherweise konnte der Kumpel entkommen: Von dem Mob in eine Sackgasse gedrängt entschied er sich, dass ihn die Mauer mit dem Stacheldraht darauf trotz der zu erwartenden Schnitte in den Händen und Unterarmen nicht aufhalten kann.

Jedenfalls wurde die Bergbau-Abschiedsparty ein riesiges lautes Besäufnis. Doch am nächsten Tag, als alle auf dem leicht wackelnden Tetraeder in Bottrop standen, war es bis auf den pfeifenden Wind still. Die Männer schauten mit nicht nur vom Suff glasigen Augen durch die klarer gewordene Luft über die weite Industrielandschaft; über Schornsteine, die nicht mehr rauchten und Fördertürme, die nicht mehr liefen. Sie waren dort oben nicht mehr der Arzt, der Studienrat, der Fotograf und der Psychologe, sondern wieder der Starkstromelektriker, der Landschaftsgärtner, der Kochlehrling und der Bergmann; die Rasselbande hungriger Nachkriegslausejungs, die ein Foto bei Leons Vater als kleine Kinder zeigte mit wie aus Schablonen gestanzten Seitenscheiteln und dünnen Beinchen in kurzen Hosen.

IX

Auf dem Rückweg aus Brandenburg stieg Leon bereits einige Stationen früher in Zehlendorf aus der S-Bahn und machte sich wie geplant auf den Weg zu seiner Mutter. Die Wohnung hatten sie und Rainer 2008 gekauft. »Im Nachhinein das beste Geschäft, das wir in der Finanzkrise machen konnten«, sagten sie manchmal zufrieden. Na wenigstens ein guter Deal, dachte sich Leon kritisch. Bei den Umwälzungen in Berlin nach der Wende wäre mehr drin gewesen. Die Häuser gab's quasi zu Spottpreisen im Vergleich zu heute. Er hatte das Gefühl, die ganze Stadt wechsle derzeit erneut die Besitzer, nur dass kaum ein Berliner davon profitierte. Einer Freundin war erst vor wenigen Monaten die Wohnung in Mitte gekündigt worden, weil ein chinesischer Investor den gesamten Häuserblock gekauft hatte und mit umfangreichen Ausbauarbeiten beginnen wollte. Ein Arbeitskollege bekam seine Mieterhöhungen jetzt von einem norwegischen Pensionsfonds, weil sein Vermieter den Altbau erst 1990 besetzt, dann mit Fördergeldern kernsaniert und nun verkauft hatte.

Ralf, ein alter Freund der Mutter, dem die Uni wegen kommunistischer Umtriebe einst die Habilitation versagt hatte, hätte vor wenigen Jahren »Enteignen« geschrien. Allerdings war er mittlerweile »Villen-Kommunist« wie Leon sagte, denn eine sagenumwobene Tante hatte ihm in Grunewald ein Haus vererbt. Seitdem hatte er für die große Politik keine Zeit mehr, weil er lieber Gerichtsprozesse gegen seine Nachbarn um eine ausladende Trauerweide auf der Grundstücksgrenze führte. Auch beim letzten gemeinsamen Abendessen, als Leon nachfragte, wie Ralf inzwischen zur Erbschaftssteuer stünde, hielt er sich auffällig zurück und wurde ganz still – so still, wie Leon neuerdings geworden war mit seiner Verteufelung der Immobilienenteignung.

Leon lief den breiten mittleren Grünstreifen zwischen den Fahrbahnen entlang. Seine Mutter hatte ihn hier mal mitten in der Nacht im Vollrausch aufgelesen. Völlig hilflos saß er gegen einen Baumstamm gelehnt im hohen Gras und Alkohol sei dank konnte er nicht mehr aufstehen geschweige denn laufen. Mit den letzten körperlichen und geistigen Kräften hatte er es von einer Feier hierhin geschafft und einen verzweifelten Hilferuf per Handy an seine Mutter absetzen können. Und sie war verlässlich und unaufhaltsam sofort losgefahren – sein persönliches Eine-Frau-Spezialeinsatzkommando, das sich, sollte die Lage wirklich mal ernst sein, auch nicht von echten SEK-Beamten stoppen lassen würde, davon war er überzeugt. Von weitem sah er den silbernen Mercedes – seine Rettung – die vierspurige Straße auf sich zu kommen. Sie sammelte die Alkoholleiche geduldig ein, sollten die Autos hinter der stoisch-rhythmischen Warnblinkanlage ruhig hupen. Eine Mutter, die sich um ihr Junges kümmert, ist schwer aufzuhalten. Leon empfand tiefe Liebe für sie in diesem Augenblick, so wie in der Grundschule als er kreidebleich mit Bauchschmerzen den Unterricht verlassen durfte und langsam nach Hause tapste. Doch auf halber Strecke pickte ihn die telefonisch informierte

Mutter mit ihrem Schlachtschiff, wie sie ihren Benz nannte, auf. Sie hatte den Job in der Fakultät liegen lassen und war schnurstracks herbeigeeilt.

So viele Strecken waren sie zu zweit gefahren, sie am Steuer und er hinten auf der Sitzbank. Selbst Pannen in Belgien oder Frankreich konnten sie nicht aufhalten. Die Mutter sang beim Fahren zu ihren Chansons manchmal laut mit: „Non, je ne regrette rien", „Le Métèque", „La poupée qui fait non". Nur Serge Gainsbourgs Song „Je t'aime" mit Jane Birkin war Leon damals etwas peinlich, weil die da so rumstönen am Ende des Liedes. Sowieso war ihm als Kind der allzu lockere Umgang der Eltern mit Sex unangenehm, was aus heutiger Sicht komisch erschien, weil er bei seinen Kumpels nicht umsonst den Spitznamen „Der Nudist" inne hatte.

Leon erreichte durch einen efeubewachsenen Torbogen das herrschaftliche Mehrfamilienhaus aus der Wilhelminischen Ära, schloss neben den Messingbriefkästen die Tür auf und folgte dem roten Teppich die Stufen hoch in den ersten Stock zur Wohnung.

Er hatte so eine kleine Macke, wenn er zu seiner Mutter kam, weil es extrem viel zu entdecken gab. Bei ihm im Kopf lief eine Art Inventur ab und er schritt jedes Zimmer ab und begutachtete alles ganz genau: Fotos, Möbel, Bilder, Gegenstände, je kleiner desto besser. Selten entging ihm eine Veränderung, sei sie noch so minimal, eine neue kleine Figur oder ein umgehängtes Bild. Und bei seiner Mutter war reichlich Bewegung in der Einrichtung. Als leidenschaftlicher Flohmarktfan zog sie jedes Wochenende los, hauptsächlich zur Straße des 17. Juni und kam mit antiken Nippes zurück. Früher ging Leon oft mit und bei Historismus und Art Déco trafen sich sogar ihre Geschmäcker, auch wenn sich Leon direkt nach der Wiedervereinigung am meisten für die Restbestände der NVA und der Roten Armee begeisterte.

Die Ausbeute verteilte die Mutter bei sich zu Hause oder verschenkte einzelne Stücke an Freunde und Verwandte, so dass ihre eigene Wohnung selbst wie ein Antiquitätenhandel aussah, aber fortlaufend auch die Wohnungen der regelmäßig Beschenkten vollgestellt wurden. So hatte sie sich nicht nur den Ruf als einfallsreiche Schenkerin erworben, sondern tatsächlich die Einrichtungen und Geschmäcker der ihr nahestehenden Menschen bereichert. Jede Wohnung, die sie in ihrem engsten Umfeld besuchte, hatte bald Nuancen ihres Stils. Zum Glück, fand Leon, denn je mehr er in Deutschland und Europa unterwegs war, desto stärker setzte sich bei ihm die Erkenntnis durch, dass die Menschen von Stockholm bis Sevilla in den ewiggleichen Ikea-Showrooms wohnten.

Überall auf den Schellack-glänzenden Biedermeiertischlein der Mutter standen Engel-, Schweinchen- und schwarze Katzenfiguren, welche die schweren Gemälde und Lithografien bewachten. Eine fauvistisch angehauchte Sammlung zeigte den Hafen von St. Tropez, wo Rainer und die Mutter die Herbstferien verbrachten – die Sommermonate waren schließlich zu warm, zu voll und zudem unbezahlbar. Leon hatte sich ein paar Mal eingeklinkt und zusammen waren sie auf den Spuren der von dem Licht begeisterten Maler Signac, Matisse und Co., die lange vor den obszönen Stars, Sternchen und Tages-touristen hier waren, durch die hinteren Gassen fern des Yachtenbegaffe flaniert und hatten Rosé getrunken, Boule-Spielen zugeschaut sowie Muscheln und Gambas gegessen. Im Club 55 am Plage de Pampelonne bestellte die Mutter, die wie Leons Oma ordentlich zechen und zocken konnte, noch mehr Rosé, und weil sie so gut Französisch sprach, kannten sie bald alle Kellner. Sie fläzten sich in die weißen Polster und die Mutter erzählte von Pink Floyd, Brigitte Bardot, „Und immer lockt das Weib", von Françoise Sagan und „Bonjour Tristesse". Aber Leon musste an Louis de Funès, dessen Gesichtsak-robatik und den „Gendarm von St. Tropez" denken, und was dieser wohl zu den aufdringlichen schwarzafrikani-schen Tuchverkäufern am Strand gesagt hätte.

In den Sitzecken saßen Frauen mit aufgespritzten Lip-pen und Hermès-Latschen, und die Ehemänner unterhiel-ten sich über die Vorteile eines ständigen Wohnsitzes in Monaco oder führten Videokonferenzen in einer ruhigen Nische. Die zahlreichen Deutschen, die hier fern der Heimat viel protziger zeigten, was sie haben, trugen meist hellblaue, an den Ärmeln leicht über die Submariner hochgekrempelte Hemden, Persol-Sonnenbrillen und bunte Vilebrequin-Badeshorts.

Den einen Tag gaben sich am Nachbartisch – wie Le-on in Gesprächen herausfand – einige altgediente engli-sche Rockmusiker auf ihre Erfolgsjahre in den Siebzigern die Kante und lauter Frauen in luftigen Blumenkleidern schwänzelten im Dünenbereich herum. Die eine gehörte wohl zu einem Gitarristen mit langem, dünnen, blondier-

194

tem Haar und unzähligen Lederarmbändchen, aber irgendwie schien sie ein Auge auf Leon geworfen zu haben, der irgendwann zum Meer hinunterging. Auf jeden Fall folgte sie ihm und machte Fotos von sich, dem Strand und von Leon in den seichten Wellen. Und wie Leon rosébeseelt herumplanschte, kam plötzlich dieser abgehalfterte sonnengegerbte Gitarrist durch den Sand gestiefelt und machte der Frau eine Szene – das war also von Sex, Drugs und Rock'n'Roll übrig geblieben.

Leon bereitete sich einen Espresso in der ECM von Manufactum zu und setzte sich im Wintergarten der Mutter in einen Korbstuhl. Auf den Abstellbrettern lagen neben ausladenden Pflanzen beschriftete Steine, die Rainer von seinen Skitouren aus den Alpen mitgebracht hatte. In einer Ecke standen die Sodasiphons der Mutter, die sie bei einem Brocante auf einem Markt im Médoc gekauft und dabei völlig die Zeit vergessen hatte. Leon war das egal gewesen. Er hatte den Moment genutzt, um alleine an einem Stand Erdbeer-Lassis zu trinken und Austern zu essen bis ihm schlecht wurde.

Der letzte Schluck Espresso ließ Leon realisieren, dass er sich eine Tasse aus dem Pariser „La Coupole" gegriffen hatte. In den Sommerferien hatten sie dort häufig das Mitternachtsmenü gegessen. Den einen Urlaub war Leons erste Freundin mitgekommen und wie er nun auf das Emblem auf der Tasse schaute, musste er an sie denken, und daran, was er doch oft für ein Vollidiot und Arschloch gewesen war. Er verstand eh immer besser, was seine Mutter damit meinte, als sie auf seine Frage, welche Filme sie denn möge, antwortete: »Filme über komplexe Beziehungen zwischen Menschen«. Obwohl einige Aktionen seiner Ex-Freundinnen ihn ebenso enttäuscht hatten. Allerdings hatte er sich vor einiger Zeit vorgenommen, ausschließlich das Positive und die schönen Erinnerungen abzuspeichern und sich von dem Negativen gar nicht mehr herunterziehen zu lassen. Jede dieser Frauen war schließlich einmal ein Teil seines Lebens und gehörte zu seiner Geschichte. Jede von ihnen würde einen kleinen Platz in seinem Herzen und Wesen behalten. Ewig würde er sich an das Wein-Käse-Picknick unterhalb der Pont Neuf am Ufer der Seine mit Johanna erinnern, an den gemeinsamen Joint mit Sophie auf dem Vorbau des Berliner Fernsehturms, an das Zusammenziehen mit Vicki, an die herbstliche Entdeckungstour mit Anna rund um das verfallene Herrenhaus im Havelland, an den Hochzeitsbesuch mit Daniela am Balaton. Vielleicht würde er bald die Richtige finden, vielleicht wie seine Großeltern bei einer Karnevalsfeier – oder beim Tanz in den Mai.

Beim Einräumen der Tasse in die Spülmaschine fiel Leon die kleine Glocke auf, mit der Rainer seiner Mutter bescheid gab, wenn das Essen fertig war. Seit Jahren kochte sie nicht mehr selbst, stattdessen gab es für jede Lebenslage eine helfende männliche Hand, für das Auto, für die Wohnung, für die technischen Geräte. Leon tat es weh und es ärgerte ihn zugleich, seine einst eigenständige und entschieden unabhängige Mutter so zu erleben. Die Glocke an dem kurzen Holzgriff stand früher bei der Oma in der Küche. Zu Weihnachten wurde die Wohnzimmertür geschlossen, um das Christkind beim Geschenkebringen nicht zu stören und alle durften erst reinkommen, wenn es dreimal läutete. Die ersten Jahre fiel es Leon gar nicht auf, dass jedes Mal nur die Mutter fehlte. Um das nervenaufreibende Warten zu überbrücken, ging Leon mit seinem Vater oder dem Opa in der Nachbarschaft spazieren und sein Vater hob ihn an manchen erleuchteten Erdgeschossfenstern hoch, damit Leon gucken konnte, ob das Christkind bei den anderen Familien seine Gaben schon unter den Baum gelegt hatte. Auch deshalb schaute Leon immer noch gern abends im Dunkeln von der Straße hoch zu hellen Fenstern und fragte sich, was wohl unter den zu erkennenden Lampen vorgehe. Waren ausgefallene Lampenschirme, Hochbettkonstruktionen oder Plakate wirklich ein Indikator für ausgefallene Leben?

Im Arbeitszimmer der Mutter, das mehr eine Bibliothek war, hing ein Foto von Leon und seinem Opa auf den kurios geformten Externsteinen. Bei ihrem ersten Ausflug dorthin war Leon so klein, dass ihm die monumentalen Felsen wie frühzeitliche Hochhäuser erschienen und er langsam mit weichen Knien die schmalen steilen Stufen erklomm. Doch mit jedem Plateau wurde er sicherer und vergaß angesichts der geheimnisvollen Reliefs und Höhlen seine Höhenangst. Gemeinsam rätselten sie über die ursprüngliche Funktion und an der Hand des Großvaters wurde dieser mythische Ort tatsächlich eine heilige Kultstätte.

Danach fuhren sie weiter zum Hermannsdenkmal und stiegen ermutigt durch das vorherige Erlebnis auf die Aussichtsplattform unter Arminius, der in der Legende zu seinen Wurzeln zurückgekehrt war. Während Leon begeistert über die Baumwipfel in die diesige Ferne blickte, erzählte ihm der Opa von der Varusschlacht, der Vereinigung der germanischen Stämme, der List in den tiefen Wäldern und Mooren, von der deutschen nicht romanisierten Sprache, dem Limes und von Freiheit.

Aber der Großvater berichtete auch von seiner Zeit in Frankreich, seinen paar Brocken Französisch, marinierten Schnecken und seiner Kriegsgefangenschaft. Diese war zwar hart, aber bei einem seiner Arbeitseinsätze auf einem Bauernhof bei Laon erträglich. Der betagte Hofbesitzer hatte seine faire Behandlung in deutscher Kriegsgefangenschaft im Ersten Weltkrieg betont und die zugeteilte Aushilfskraft vergleichsweise korrekt versorgt. Seine Tochter steckte dem Großvater zudem öfters Essen zu, wofür er Leons Mutter nach ihr benannte.

Die Regale in dem Arbeitszimmer bestanden aus dicken braunen Holzbalken und ragten bis unter die Decke. Darin lagen wild verteilt Originalausgaben aus dem Spezialgebiet der Mutter: Utopie und Dystopie in der französischen und englischen Literatur. In den unteren Fächern befanden sich die nach Berlin geholten Unterlagen, von der Mutter aus den anthrazitfarbenen Leitz-Ordnern in bunte Ringordner umgeheftet. Leon blätterte sich durch die Papiere: Versicherungen, ausgefüllte Bankformulare, Telekomverträge, Traueranzeigen und Geburtstagstelegramme, von denen eines beim Aufklappen sogar noch mit den letzten Energiereserven der kleinen Batterie die Melodie von „Hoch soll er leben" anstimmte, bevor der Ton langsamer und leiser wurde bis er ganz verstummte. Plötzlich fiel aus einem der Ringordner ein gelber Zettel heraus, ähnlich jener dünnen Durchschläge, die man in der Reinigung für die Abholung bekam. „Beleg für eine Projektpatenschaft" stand darauf. Seine Großeltern hatten anscheinend den Bau einer Schule irgendwo in Afrika mitgefördert. Ein anderer gefalteter Schnipsel, der wahrscheinlich einmal in einer Geldbörse gesteckt hatte, enthielt die Bitte bei Krankheit, Unfall und Lebensgefahr „sofort einen katholischen Priester zu rufen" – eine Art religiöser Organspendeausweis, ein Segenspendeausweis.

Es folgte das offizielle Leben, das andere anhand dieser paar Seiten Papier einzuschätzen sich anmaßten: ein Klassenfoto einer Jungenschule in der Weimarer Republik, Abschluss der Lehre, Anstellungsvertrag als Prokurist, Weltwirtschaftskrise, Arbeitsdienst, Ehemann, Soldat, Kriegsgefangener, Heimkehrer, Großhandel, Deutsche Angestellten-Gewerkschaft, Abteilungsleiter, Vater. Aufstieg, Fall und wieder Aufstieg. Schlüsselqualifikation: diverse Schlachten, Hunger sowie drei Staatsformen überlebt.

Dagegen sah Leons Vita geradezu langweilig aus, obwohl er doch zur Generation der unbegrenzten Möglichkeiten gehörte. Bei sich Zuhause hatte er auch so einen Ordner: Handyvertrag, Internetanschluss, Post vom Polizeipräsidenten, Fitnessstudiomitgliedschaft, Abiturzeugnis, Masterurkunde, Praktika eins bis vier. Schlüsselqualifikation: 16-Personen-Mixed-Room in Südspanien während der Interrailtour überstanden. Was war hier Aufstieg, was Abstieg? Leons Eltern konnten sich aussuchen, wo sie arbeiten wollten und bekamen in der Inselstadt West-Berlin die Förderungen hinterhergeworfen. Auf Leon warteten ein befristeter Arbeitsvertrag und Interessentenschlangen bis auf den Gehweg bei seiner ersten Wohnungsbesichtigung. War dies das Versprechen der Bundesrepublik, man müsse nur fleißig lernen und ordentlich arbeiten, dann gehe es einem besser als der Elterngeneration? Unbegrenzter Aufstieg, immer weiter nach oben wie der Dax, die Exporte und das BSP? Vielmehr verdankte Leon seinen Ahnen einen gewissen Wohlstand. Diesem Staat verdankte er nichts.

Die nächsten Generationen würden Dinge wie Krieg, Armut und Trümmerfrauen gar nicht mehr unmittelbar von Menschen erfahren, die wirklich dabei gewesen waren, sondern von Vermittlern, bei denen viele Erlebnisse und Details wie bei der Stillen Post verloren gingen. Die Jüngeren kannten solche Geschichten nur aus Schulbüchern oder von YouTube, aber Leon brauchte keine Dokus und Social-Media-Filmchen. Er hatte die Familienfeiern mit seinen Großeltern, Onkeln und deren Freunden. Seine Eltern und all die spätgeborenen moralinsauren Schlauberger und Politiker konnten soviel Reden schwingen wie sie wollten, das war letztlich alles Hollywood. Aber diese Männer waren mittendrin gewesen. Jeder für sich erzählte zwar nur wenig, wenn überhaupt ein, zwei Begebenheiten aus dem Krieg, aber zusammengenommen ergaben diese Geschichten ein Tagebuch, eine Landkarte des gesamten Zweiten Weltkriegs.

Wenn Leon in die Runde blickte, saßen sie da, die Schlachten: Frankreichfeldzug, Norwegen, Luftschlacht um England, Nordafrika, Partisanenkampf in Jugoslawien und Griechenland, die Ostfront, die Landung in der Normandie, Rheinland, Ostpreußen. Und Leon saß daneben wie an einem Lagerfeuer und hörte gespannt zu. Von den entfernten Verwandten, deren Linie ausgestorben war, weil alle fünf Söhne in russischer Erde lagen, wie eine faltbare Trauerkarte bezeugte, die ihm sein Opa einmal gezeigt hatte. Von dem Freund, der über der Nordsee abgeschossen wurde und solange auf einem Schrottteil im Meer ausharrte, bis er über Nacht komplett ergraut gefunden wurde. Von den Kameraden, die sich zu zweit aus Russland entlang von Bahngleisen und Sternenbildern zurück ins Vaterland durchgeschlagen hatten. Von einem russischen Offizier mit frischen fürchterlichen Brandnarben im Gesicht, der trotzdem einen versprengten Trupp Jugendlicher in der Nähe Breslaus nach Hause schickte und ihnen etwas zu Essen gab. Von der Flucht aus den Ostgebieten, auf der man hastig noch den Meisterbrief in den Koffer gestopft hatte, um sich in der Ungewissheit etwas Neues aufbauen zu können. Von den Höfen zwischen Oppeln und Neiße, die für einige in die Familie eingeheiratete Frauen einmal das Zuhause waren.

Der Nachbar von Leons Großeltern berichtete von seiner Gefangenschaft in Sibirien und davon, wie seine Baracke zum Holzfällen eingesetzt wurde, in einem meterhoch mit Schnee bedeckten Nadelwaldstück. An die

Bäume heranzukommen und sie mit alten Sägen und Äxten zu fällen, war schon eine Kraftanstrengung. Sie per Hand aus dem Wald zum Lager zu schleppen, wo sie für dessen Erweiterung genutzt wurden, war eine Quälerei. Beim anschließenden Zimmern der windschiefen Behausungen schlug sich der Nachbar mit den vor Kälte zitternden Händen beim Vernageln der Seitenwände auf den Daumen, so dass dieser aufplatzte. Da die Verletzung ärztlich nicht behandelt wurde und die Kameraden mit einigen Fetzen nur einen behelfsmäßigen Verband anlegen konnten, entzündete sich die Wunde schnell. Die Kriegsjahre hatten jedem gelehrt, dass die einsetzende Fäulnis schnell die restliche Hand und den gesamten Arm erreichen konnte. Also setzte der Nachbar beim nächsten Fälleinsatz kurzentschlossen das Beil am eigenen Daumen an und schlug zu. Nun versagten die Wachen eine ärztliche Behandlung nicht und der Nachbar saß mit vier Fingern an der linken Hand vor Leon.

Schreiner würden viele Jüngere denken, wenn sie so etwas heutzutage sehen würden. Doch Leon wusste es genau. Er kannte die Details, er hatte diese Hand minutenlang angeschaut, während der Nachbar seine Geschichte erzählte, und die Altersflecken, Adern sowie die im Alter undeutlicher werdende Narbe studiert. Wenn der Nachbar davon sprach, hatte Leon den Tannenduft in der Nase, das Knarzen des Schnees unter den mit Lumpen umwickelten Stiefeln im Ohr und die Atemwolken der schuftenden Deutschen und der rauchenden Rotarmisten vor Augen. Wenn er nicht auf die versehrte Hand starrte, blickte Leon in die Runde der Zuhörer, und in den alten von Falten umringten Augen der Männer meinte er ein Flackern erkannt zu haben, als schaue er von hinten gegen eine Kinoleinwand, auf die von vorne gerade die vergilbten Reste einer Filmrolle geworfen wurden.

Nach der Geschichte des Nachbarn erwischte sich Leon dabei, wie er ehrfürchtig die Hände der anwesenden pensionierten Bankangestellten, Ingenieure und Maurer absuchte, um weitere Geschichten zu entdecken. Spuren davon, wie eine Hand einst das kalte Schaftholz eines Karabiners im russischen Schnee umklammert, sich angsterfüllt in französischen Boden gekrallt oder verzweifelt mit einem Spaten eine rettende Grube vor nahenden Panzern gegraben hatte. Wie gern hätte er jeden einzelnen dieser ganz persönlichen Filme an die Wand projiziert und danach für die Ewigkeit gesichert.

Leon setzte sich auf die Designercouch von Rainer. Er hatte all diese Menschen zu wenig gekannt, sie zu wenig gefragt und ihnen zu wenig gesagt. Er würde gerne noch einmal einen Tag wie früher bei seinen Großeltern verbringen. Morgens im Fernsehsessel mit Omas Salamibroten und Orangenlimonade frühstücken. Mit dem Opa im Sandkasten spielen, ihm zusehen, wie er langsam um die Garagenecke kommt mit dem Pappkarton mit den Schüppen, Haken und Förmchen in der Hand. Ihm sagen, wie wohl und sicher er sich fühlt, wenn der Opa daneben auf der Bank sitzt und zuschaut. Zum Mittag riesige goldbraune Putenschnitzel auf dem Balkon essen, mit Blick auf die frisch gepflanzten und täglich liebevoll umsorgten Blumen seiner Oma. Danach würden sie Rommé spielen und sie würden ihn gewinnen lassen, so dass er ein paar zusätzliche Mark für sein Taschengeld ergattert. Ein letztes Abendessen mit Kartoffeln und Soße. Leon würde sich anders als seine Mutter die Rezepte aufschreiben und sich jeden Handgriff merken. Er würde seinen Großeltern zuschauen, auf ihre Bewegungen und ihre Mimik achten.

Er würde ihnen genau zuhören, wie sie die aktuelle Politik und die der letzten Jahrzehnte einschätzen; was sie zu den gesellschaftlichen Veränderungen sagen. Er würde sie fragen, wie das damals war in der Wirtschaftskrise mit der Arbeits- und Perspektivlosigkeit, mit den Nazis und was sie mitbekommen haben; ob sie nicht etwas hätten unternehmen können. Er würde sie fragen, wie das war im Krieg, das Kämpfen, die Zerstörungen, das Heimweh, die Angst, die Schmerzen, das Sterben, das Töten und die Zeit danach, Gefangenschaft, unfrei sein, Wiederaufbau, Scham, Ungewissheit – Leons Oma wusste mehrere Jahre nicht, ob ihr Mann überhaupt noch lebte, wo er war und wie es ihm ging. Er würde alles wissen wollen. Er würde sich mit ihnen hinsetzen ohne ihnen Vorwürfe zu machen. Er würde ihre Hände halten und ihnen in die Augen schauen und sagen, dass er bei ihnen ist, und dass sie ihm vertrauen können. Er würde sie nicht verurteilen. Er würde keinen Schauprozess zulassen, in dem den Angeklagten kein Verteidiger gewährt wird. Er wäre ihr Verteidiger. Wieso hatte er das alles nicht vor zehn, fünfzehn Jahren gemacht als beide gesund waren?

Aber, Leon stutzte und überlegte: Nutzte er denn die Chance seine Eltern zu fragen, sie genau zu beobachten, ihnen zuzuhören? Wie es war als Kind inmitten von zerfurchten Städten in einem für alle neuen geteilten Deutschland. Mit einer erzkatholischen Mutter, die bei der Erziehung auch mal den Handfeger sprechen ließ. Mit seelisch und körperlich versehrten Vätern, die so viel arbeiteten, dass sie kaum zu Hause waren und wenn sie es waren nichts erzählten, obwohl die Luft vollgestopft war mit unverarbeiteten Erinnerungen. Mit Streitereien in den strengen Familien, weil man sich von der Religion gelöst hatte, protestantische Partner hatte, sein Kind nicht taufen ließ. Weil man keine Lust auf Reihenhaus in der Kleinstadt, »Was sollen die Nachbarn denken?« und einen Job bei der Post hatte. Weil man diese peinliche Unterwürfigkeit gegenüber den Amerikanern kritisch sah und Sympathien für die unbeugsamen Vietnamesen hegte, die sich gegen einen Eindringling wehrten, während das eigene Volk die Fremdbesatzung längst akzeptiert hatte. Weil man keinen Anzug und keinen Scheitel tragen wollte. Weil man andere Musik hören mochte und eigene Träume verfolgte. Irgendwann müsste er sie das alles fragen. Irgendwann.

Leon packte die benötigten Unterlagen in die Büchertasche und schloss die Wohnungstür hinter sich ab. Vor der benachbarten Stadtvilla fand er den silbernen Mercedes seiner Mutter mit dem H-Kennzeichen und setzte sich hinter das große Lederlenkrad mit den langen verchromten Hebeln rechts und links daneben. Das war noch ein richtiges Automobil und nicht so ein surrendes Golfcart wie dieser E-Hybrid, mit dem Leon vor einigen Jahren bei einem Nebenjob Z-Promis und Sportler von Event zu

Event kutschieren musste. Ständig lief ihm jemand vors Auto, weil man diese Kobaltschleudern nicht im Straßenverkehr hörte. Und andauernd war irgendetwas kaputt oder piepste. Um die Touchdisplays wieder zum Leuchten zu bringen, brauchte man fast einen Informatiker, der sich ins Auto hackte.

Der Silberpfeil seiner Mutter dagegen war so gut wie unzerstörbar, mit dickem Gummi an den Stoßstangen, die ihrem Namen alle Ehre machten. Das war nicht dieser komplett lackierte Kunststoffblödsinn, der entwickelt wurde, damit jeder Hanswurst beim kleinsten Kratzer sofort die Versicherung einschalten konnte. Leon fuhr die Eichenallee entlang, die ihm schon früher angezeigt hatte, in wenigen Minuten zu Hause zu sein.

X

Bei sich daheim packte Leon alle Sachen für seine mor-
gige Rückfahrt zur Großmutter zusammen und stellte sie
griffbereit in den Flur. Er war gerade dabei Sauerkraut zu
erhitzen und ein halbes Dutzend Nürnberger Rostbrat-
würste zu braten, als sein iPhone klingelte.

»Hallo Leon, der Oma geht es ganz schlecht«, sagte
seine Mutter mit ernster gefasster Stimme, in der Demut
und Stolz lagen, und die als Reaktion konzentrierte Haltung statt Verzweiflung erbat. »Der Arzt geht davon aus,
dass sie die Nacht nicht überleben wird. Ich halte ihr den
Hörer ans Ohr, damit du nochmal mit ihr sprechen
kannst.«

Da war er, der unausweichliche Aufprall, der trotz der
Vorbereitung während des Falls grausam überraschend
alles zerbersten ließ wie ein heller Knall, nach dem nur
Dunkelheit übrigbleibt. Sein Handy wurde still bis Leon
ein leises schweres Atmen hörte, das plötzlich tiefer und
lauter wurde als er »Hallo Oma« sagte. Seine Stimme
klang für ihn selbst erstaunlich klar und ruhig. Einige
Sekunden wusste Leon nicht, was er in diesen offenbar
letzten Sätzen sagen sollte. Er hörte ein aufgeregtes ange-
strengtes Röcheln, als wolle die Großmutter selbst sprechen. Sie kämpfte. Dann sagte Leon das einzige, was ihm
aus tiefstem Herzen kommend in den Mund gelegt wurde.

»Ich liebe dich, Oma.«